焼き芋

―吏道ひとすじのわが人生―

鶴田五郎

文芸社

左から６人目が著者

右端が著者

目次

はじめに

台風銀座、世界チャンピオン具志堅用高の生地石垣島に呱々の声をあげた私は、生後間もなく母に先だたれて郷里鹿児島で叔母の手一つで育てられることになった。島で働く父に代って兄や姉達を内地に在って教育するため生涯を独りで通したこの叔母に、男の子は負けて来るな、おなご（女子）の前で白歯を出すんじゃない、自慢高慢は馬鹿の内、西郷どんのような人になれ……としたたかに仕込まれたほか、いわゆる八方美人、風見鶏的なものをまたばい（両太股の間）の膏薬とさげすむ環境に育ったせいかいたって頑固で、後年〝士道を吏道に置きかえたような男〟と評されたりするようにもなったが士は士でも薩摩の芋士《いもざむらい》である。

戦中・戦後の激動期には、物資統制、海外引揚者の援護、ポツダム政令による公職追放、レッドパージ、団体等規制、追放者の動静観察、新憲法下最初の統一各種選挙、特別市制反対運動等、これから二度と経験することのない仕事を多く手がけ、水道局長を最後に三五年にわたる公務員生活に別れを告げた。

サラリーマン道とは耐えることなり、避けて通れない退職の苦悩やざ折感も漸くうすらいだこの頃適当な趣味を持ち健康に長生きすることこそ人生最後の勝利かと思うようになった。

〝はかくれに散り止まれる花のみぞ忍び人にあふ心地する〟

〝恋《こい》の至極は忍恋《こい》と見立て候、逢ひてからは恋《こい》のたけが低し、一生忍んで思ひ死することこそ恋の本意なれ〟

とは葉隠の一節である。

国の為なら何時でも死ねるように。上の人をたて下の者をかばえ。売込みもしないかわりに裏切りもしない。罪を憎んで人を憎まず……を銘として只管新しい公務員像を追って歩んだ三五年間であった。

人間、究極するところ孤に戻らざるを得ない。己《おのれ》こそ最後の頼りであるという生き方が万事妥協の当世にどこまで通用したろうか？　思えば大変損な男であった。と深く反省しながらまた同じ道を辿りつづけるのだろうか。

たしか城山三郎著「午后三時の役員室」に、サラリーマンは辞めたらその人生は終ったも同然だというくだりがあったが、人生はまことに遠くけわしい。退職による寂寥と苦悩を克服するには戦中、戦後を乗り切った自信と開き直り以外になさそうだ。

人一倍個性と誇りに生きる私の人生終えんの地は、こんな私を培ってくれた故郷鹿児島かな……と客年九一歳で逝った叔母の死でいたく感じさせられた。

十数年も前から準備してきたことだったのに、いざ題名をどうしたものか迷ってしまい結局次の一編から引用し、丁度還暦を記念して上梓できて嬉しい。

追って、不慣れから書中失礼な点がありましたら心からお詫び申しあげお許しを願う次第です。

昭和五十五年八月七日

この度、株式会社文芸社より本書を新たに刊行するにあたり、部分的に加筆訂正、また構成を変えさせていただいたことをおことわり申しあげます。

平成十四年一月十五日

鶴田五郎

〈焼き芋〉

正月休みの朝、なおまどろんでいると、ペタンペタン下駄の音が昇ってくる。ついで郵便受がバタンと音をたてた。四階建鉄筋アパートの静寂を破る一時であった。

しばらくたつと今度は遙か下の方で〝ふーけゆくー焼き芋（秋の夜）喰ったらばァ（旅の空に）うまかんべェ〟とかん高く元気に歌っていく。実感がこもっている。はあ、あれは朝日新聞配達のあの子だなあとドングリ君のような丸い顔が浮かぶ。

昭和34～36年の間。この６人で会話した

やがて、我が家の朝食が始まり先刻のことをみんなに話して聞かせると子供達は早速例の焼き芋の歌を口ずさみ始めた。
父「寒いからなぁ焼き芋でも喰べたいんだろうね」
父「新聞配達の坊やにジャンパーでも贈ってやったらなぁ」
母「選挙にでも立つ人みたいじゃない？」
父「そんなに有名になっちゃ困るよ、匿名だよ」
長女「でも中には悪い子もいるのよ」
父「だけどまぁ大抵は困っている家庭の可哀そうな子だよ、偉いもんだよ」
父「お父さんも憲ちゃんと二人でやるか、だけどお父さんは犬が嫌いだから犬のいる家は憲ちゃんに入れて貰うかな」――一同笑声――
まことに賑やかな朝食であった。
私は街を眺め考えるためできるだけ行き帰りを歩くことにしている。
或る夕方花咲町でのこと、二人の新聞配達の少年とすれちがいざま聞いたことは〝俺よッ今月一回しか休まないのによ、二日分差し引かれてんの、一日二十五円だから五十円引かれるのはおかしいよな〟……というような会話である。ああ新聞配達というのは何軒廻るか知らないけど二十五円として一カ月幾らにもならないんだな、まさか朝刊を含めてじゃなかろうがそれにしても一日休んで二日分差し引かれるのは可哀そうだが罰の意味で二日分引かれるのかなあ……。もちろんその後物価も上がり人手も足りないから、もっと賃金も上がっているだろうが、少年の言い分は至極もっともだ、可哀そうだなぁと思った。

私達の家を毎朝一番早く訪れる少年達を温かい心で迎えたい、そして彼等の処遇が少しでも向上することを祈ってやまない。

話は少し飛ぶが、一月十八日早朝保土ガ谷で牛乳配達の少年庸男君（小学六年）をひいて、しかも大和の畑の中へほうり出すという凶悪犯人共が十三日振りにつかまったニュースは大いに私の溜飲を下げてくれた。

保土ガ谷署員の三分の一を動員して五千台の車を洗い、本部鑑識も出動して殺人事件なみの捜査を展開した警察が、一片の塗料から割出した近来にない快挙である。このように、警察が時間と費用とやる気で立ち上がれば、どんな犯人もとらえられることを示してくれた。

理非人な行為に憤激していた県民の心からの拍手を浴びたことだろう。それにこたえて余りにも事件が多過ぎるだろうが、さらに可憐な少年達を守って貰いたいものである。

（「教養月報」昭和三十七年三月一日号掲載）

一　歩み

海軍工廠（昭和十三〜十五年）

海兵（海軍兵学校のこと）、横浜高工を二次で落ち兄の伝手で海軍工廠造兵部設計工場（砲こう班）へ入ったが、トレースとか部品の設計が私の仕事だった。この工場では、陸奥、長門の四〇糎砲から駆逐艦用の一二糎砲設計をしていたが、その頃すでに四八糎砲搭載の一〇万屯級（大和、武蔵）建造話があったり、最も高度な弾道計算の名人本田技手がおられたのが印象に残る。ここでの二年間で支那事変功労賞を下賜された。

昼休み、工場へ行ってはよく鉄棒をしたものだが、或る日、逆車輪中に逆様に転落して前歯を折ったり、口の中や顎を三針も縫う大怪我をして皆さんに大変迷惑を掛けた。

警視庁蒲田保険出張所（昭和十七〜十九年）

このように海軍工廠の製図工（日給一円二五銭）や東芝でトレース工（時給三〇銭）をしているうち父の死に逢い、警視庁に転職、給付担当として被保険者、保険医、事業主の不正摘発を厳しく行ったが、腫《は》れものにさわるような昨今の医師会対策を見ると隔世の感がある。

十八年八月、属（月棒五五〜六〇円）に任官する一方、高文（行政）の勉強をしているうち十九年十月、神奈川県への出向がかなった。

物資課（昭和十九～二十年）

みんな伊勢山皇太神宮を祀った神棚を拝んでから〝お早うございます〟〝さようなら〟と挨拶したもので課長、事務官、技師は緑色ラシャ張りの机で食堂も高等官用は別だった。首席属（課長事務代理）を筆頭に判任官が全体の四割位、残りが雇員で室内や机上の掃除も自分達で行なった。

N課長には〝上をたて下をかばえ〟という心構えからコヨリの作り方まで教わった。物資課は資材、日用品、物価の係名が示すようにマッチ、ローソク、鍋釜、釘、藁製品、スレート瓦、セメンと、タオル、晒等統製品配給の元締めで食糧課、警察部保安課と共に統制経済のいわばご三家だった。

二十年五月のB29による大空襲は丁度お昼時にもかかわらずあたりは真暗闇、室内も消火放水で水浸しになった。三時頃から港北区役所へ非常備蓄物資の被害調査に行ったのだが、途中は見渡す限り焼野が原で煙と異臭がたちこめ、横浜駅から反町にいたる附近は避難民、荷車、東京方面からの応援軍車両でごったがえし、東横線の枕木には無数の焼夷弾痕が残っていた。帰庁したのは夜も九時過ぎだったが、今思うとよく歩いたものだ。

暫くしてから庶務係に移ったが、最初の給料日（当時は予算差引、小切手発行、金種別、袋詰、出征家族への送金等すべて各課で扱っていた）にはみんなからまだかまだかと催促されるし、県外旅費の計算も会計課へ行ってはより近道がある筈だとやりなおしさせられた。当時は切符も出張証明と引換えに桜木町駅で求め現物を本人に渡す段階まで扱った。

宴会がまた大変で、食糧課でまず配給切符を貰い、横須賀線、京急バスと乗り継ぎ三崎魚市場で鰯《いわし》を、酒、ビールは中税務署でそれぞれ配給を受けて磯子の偕楽園へ届け、いざ宴会が始るとビールやお酒の本数チェックから取っ組み合いでも始まろうものならなだめ役をせねばならず、飲み喰いどころではなかったこともあった。

一日数便しかないバスだったから丸一日がかりで三崎迄馬欠《ばけつ》一杯の鰯を買いに行ったなどと話しても最近の人達は信じてくれないだろう。

K課長のお伴《とも》で、トリスウイスキーを土産に和歌山県庁へ除虫菊（蚊取線香の原料）の出荷要請に行ったが、列車では通路に鉄兜を敷いて腰を降し窓から出入りする状態だったし、現地は前夜の空襲あとも生々しく、入浴も銭湯へ案内されて背中を流し合ったものだ。

浦賀引揚民事務所（県）
浦賀引揚援護局（厚生省）　（昭和二十〜二十二年）

終戦の年の十月、物資、食糧、援護各課からの応援で県引揚民事務所が浦賀（鴨居）に置かれ、引揚者の一時収容や物資の支給にあたった。

ついで十二月には、厚生省浦賀引揚援護局が海軍工作学校跡にオープン移転し、日に日に増える引揚者の援護にあたったが、引揚者はみんなＰＷと印されたダブダブの米軍服を着せられ、上陸と同時に頭からＤＤＴをかけられていた。それでも米国からの引揚者は血色も良く服装も派手で南方組と較べ正に勝者と敗者の感があった。

運悪く引揚船にコレラが発生し、一時は数一〇隻に及ぶ洋上都市が出現する騒ぎとなった。このため米軍からドラム缶（船上便器用）や台秤、骨箱、棺桶などの期限つき調達命令が出て東奔西走したし、コレラによる死者の火葬が間に合わず検疫所構内野外で荼毘に付した程だった。

数棟の資材倉庫には大量の援護物資を保管してあったが、白昼堂々やってくる米兵強盗？には手を焼いた。ジャックナイフをちらつかせながらの私的調達要求でよく日系二世の通訳を同行して来たが、正に虎の威を借る猫の感があった。

地方課（昭和二十二〜二十八年）

警視庁から神奈川県物資課へ採用して戴いたN課長が今度は援護局から地方課へ戻して下さったのだが、私にとって公務員としての基礎を培う貴重な七年間であった。

地方自治法、地方公務員法等新制度の施行に関係したのだが中でも自治法、同令、同規程中の知事、市町村長、選挙管理委員会委員長等いわゆる執行機関の長の権限を洩れなく抽記するのは大変だったが迚も勉強になった。この宿題を下さったS市町村係長（元副知事）ご自身がまた非常な勉強家で、官報など個人で購入し山積みしておられた。

公職選挙法施行後初の一斉選挙は立候補届前に公職追放令（ポ政令）に該当するか否かの審査を受けねばならず、二十四年には審査係ができ別室があてられたのだが、足腰を毛布で被い、火鉢に古紙を捻込んで暖を採ったり、電気ブランとか手巻き煙草を買いに行かされたりで仕事が終っても椅子や机の上で寝たものだった。

公職追放該当書を手渡しするため電力界の鬼といわれた故松永安左衛門氏を小田原の板橋に訪ねたが、煙管（キセル）片手の長身痩躯、耳の大きな方だったし、元市長平沼亮三氏は椅子をすすめても決してお掛けにならず横須賀の拙宅迄使者を寄こされるなど迚も律儀な方だった。

当時、選挙の投票用紙は刑務所内で印刷し選挙管理委員会印だけを大勢のアルバイトで一枚一枚押捺の上配布した。

世帯向け〝選挙だより〟を三浦地方へトラックで届けに行った或る日のこと、その儘すぐ持ち帰れとの電話で帰ってみると、印刷ミスがあり訂正用ゴム印も発注し、もう届く頃だとのこと。何分にもタブロイド版六〇万部を一枚一枚訂正するのだから大変な作業だったが厳しい選挙事務日程の中で間に合って一同ほっとした。

選挙に超勤はつきものだが、S君のように月に三〇〇余時間もの記録を残した御仁もあった。こんな或る夜遅くK君が茶目ッ気よろしくA課長宅へ〝今終りました〟と電話し〝まだ起きてたのか早く寝ろッ〟と一喝されたこともあったが、厳しさの中にも和やかさがあった。

二十五年には、府県制六〇周年記念に自治功労者表彰を行うことになったが、大戦のため資料も散逸し苦労しながらも無事挙行できた。

教育基本法を逸脱した教育をしたかどで鎌高の社会科の教師が教職適格審査の結果不適格となり、再審査でも却下されいわゆるレッドパージ第一号と新聞でも書きたてられた。

みんな水盃？を交す気持で出掛けたのだが全国一斉の朝鮮人連盟解散（法務大臣の委任事務）の仕事だった。すっかり戦勝国気分の人達相手だし、鶴見支部ではS執行官が軟禁されたらしいと応援が出たり、私が行った川崎支部も場所柄激しい執行だった（朝連の看板を取り外す時分には朝鮮人群衆も数百を数え金日成氏の肖像額を返せとかフィルムを渡せの押し問答の末臨港署長

自治大学校校友会十周年記念。２列目向って左から４人目が筆者（昭和39年10月30日）

の機転でやっと切りあげた。）

このほか、私は仲木戸、大船、高津支部など二日間にわたり行ったのだが機動隊車で高津へ着いたのは深夜しかも停電中の執行だった。

青竜刀によるいやがらせやドブロクをあおりながらのバ声（吉田の犬だ等）の中でも物理的暴行がないと警察官は取締ってくれない現実のもとわれわれ丸腰執行官の苦労は並大抵ではなかった。

〝お前はシベリヤ送りだ〟などと誹謗書画や荒々しい個人攻撃を受け、裁判の証人にも何回か呼ばれたが「行政官は法の執行者である」と一歩も退《ひ》かなかった。なお家庭の方がおろそかになりがちな私に代り妻は、あの物資不足のなかで幼児四人を抱え、つい健康をそこねてしまった。

こうしたゆとりの無さから遊びの無い私になってしまった気がする。

このような朝連解散につづいての外国人登録切替えは、九割が朝鮮の人であっただけに或いはトラブルがと心配したが無事に終って局長表彰をいただくことができた。

二十六年から二十七年にかけて、何としても特別市実現を図ろうとする五大市側と府県の存立にもかかわる大問題で逆に制度そのものを削除すべきだとする五大府県側の対立は熾烈を極めた。このために九段の都道府県会館内に設けられた五大府県事務所には各府県から二人宛派遣され私もその一人として意見書の作成、国会議員の署名獲得、地方制度調査会の傍聴、政府、党への陣情、情報収集等一人何役もの仕事をしたのだが、議員や教授諸侯も概ね五大市側、五大府県側とに色分けできたものだ。結局、特別市制は自治法から削除され、衛生、福祉など一〇数項目は指定都市に、教育と警察は府県の事務とされ、これに伴う財源調整があって漸く終結をみた。

このほか地方公務員法の施行、横浜、横須賀両市にまたがる追浜地先埋立地の帰属問題、湯河原町泉地区問題、箱根全山合併による市制施行か小田原市への合併かなどの案件は迚も勉強になった。

二十八年十月、自治大学校創立を機会に本科一期生（各県、五大市から各一名）として六ヶ月間派遣されたが、麻布六本木の旧毛利邸書庫を改造した教室は黒板が大きな柱のため三つに仕切られて見えるし、遠く妻子と離れての勉強とハンデが数々あったにもかかわらず一期生ということもあってかみんな真剣そのものだった。

公務研修所（昭和二十九年三～五月）

自治大学校卒業後、公務研修室勤務の二ヶ月は、図書室で読書したり、大倉山研修所で上級職二期生新人諸君に〝先輩は語る〟という題で話をしたり、城ヶ島方面現地見学は楽しい思い出として今なお残っている。

この時の人達が今では部課長に栄進し県政に貢献しているのを見ると嬉しい限りだ。

それから自治大学校々友会神奈川県支部長、全国副会長として約一〇年間、校友との連絡につとめた。

税務課（昭和二十九～三十二年）

税務には〝呑竜会〟というのがあって〝君みたいな他所者《ヨソモノ》は電灯を消して袋叩きに合うぞ〟とか企画には東大出女性職員（上級二期生）のお茶汲み問題があるなどと聞いて行ったがいずれも杞憂に終った。

シャープ勧告による地方税制も朝鮮ブームを機に急速に充実安定し、県税明朗化のため野球大会やJ・S・T研修を始めたり税務時報にも漫画を載せるなど工夫する一方、税務事務合理化委員会を設けて事務の流れや帳票類を改善、諸規程を整備して〝県税ハンドブック〟〝県税統計一〇年の歩み〟を刊行した。

企画係では、税収予算の見積りをはじめ条例、規程の整備、職員研修等を担当していたが、三十年度の県税収入が一〇〇億の大台に達した時は徴収係長と固く手を握って喜びあった（五十四年度は四、〇〇〇億ですよね）。

住宅課（昭和三十二年十一月～三十五年四月）

毎年約二、〇〇〇戸の賃貸、分譲住宅を建てていたが新たに住宅改良係の新設が人事で認められたときは課長に迚も喜んでもらった。

毎朝散歩をし冷水を浴びて出勤する健康そのものの課長に珍しく〝風邪薬を貰って来てよ〟と頼まれたM嬢、渡したのが何と中味はウドン粉だったとか……住宅課へくる前は出納長の秘書をしていた程の彼女いわく〝風邪なんて気持でなおるのよ〟には一同唖然としてしまった。彼女も今では三児の母である。

一杯飲むと〝矢ッ張りM中尉殿〟と課長を唱いあげ、電信兵出身のH係長はたッたッと電柱によじ登る真似をし課長婦人も日本舞踊を披露されたりした。

魔がさしたというのか或る分譲住宅入居者から〝家がイビツだ〟と探偵社を通して申し出られ、課長はじめ監督者は進退伺を出し部長以下で弁償示談にしたり、台風のため賃貸住宅の屋根がめくれ、設計上のミスか手抜き工事か監督の手落ちか等原因の追究と並行していわゆる〝業者に泣いて貰う便法〟で修理したこともあった。こんな言葉を覚えたのも勿論はじめてである。

七〇人もの大世帯だったので問題も多く、或る技師が中間検査の帰途、飲酒、無免許で一時停めてあった請負業者の三輪トラックを駆動させ通行人に怪我をさせた後仕末のため病院へ見舞に、警察署へ謝罪に行ったり、裸踊りの得意なN技師には私が厳しすぎると酒気を帯びて拙宅へ上り込まれ家内がびっくりしたこともあった。また、私名儀の公用私鉄優待定期券を簡易ホテル宿泊の担保にしてしまい私が呼び出しを受ける情けないケースもあったが、I技師が中間検査中大工にノミで脅かされたときは、請負業者から始末書を徴する一方その大工は県内から追放する厳しい処置をして公務執行の万全を期した。

農地調整課（昭和三十五〜三十七年）

課内ソフトボール試合あとの紅葉寮での持込みガーデンパーティも良かったが、ラーメンと茶碗酒の部内対抗優勝祝の帰途日本大通り県庁正門前で、ナインに前人未踏？の胴上げされた気分は今もって忘れない。

課長が海外出張中の当初予算査定で知事に〝登記事務の促進に予算をつけるが何ヶ年でやれるかね〟と問われ正直に答えすぎてしまい〝ああいうときは君!! 先ずお金をいただくもんだ〟と部長にたしなめられたこともあった。

課に専従の書記長が居て〝出勤簿だ、勤務時間だとうるさく言うが床屋へ行くのはあれは何だ？ 引越しに職員を手伝わせるのは何だ？〟と噛みつかれたり、女癖せの悪い者のための給料を預ったり別れ話の仲裁も屡々あった。

中地方事務所（昭和三十七〜三十八年）

旧郡役所あとだったため建物のいたみもひどく、暖房も旧式のダルマ型ストーブで毎朝当番が点火するのだが慣れないと仲々うまくいかないし煙突掃除も風向きを考えて一斉に行った。

宿直室のシーツや枕カバーも時には家で洗ってきたり、スポーツ大会があるとゆで卵を差し入れたりして屡々優勝した。平塚恒例の七夕祭もみんなで作って出品するなど迚も家庭的だった。

それでも、駅のホームやパチンコ屋の前で演説をする職員のことで苦情が来て、精神的にまいっているのじゃないかと急いで自宅休養させたり、ズボンの前をいつも濡らしている高齢者も居たりで苦労もあった。

厚生課（昭和三十八～四十年）

神教組、高教組の組合幹部からは、〝上が変ればこんなにも変るものか〟と歓迎され、二宮、伊勢原地区で宅地分譲を、三浦、足柄上地区では教職員住宅建設を始めたほか、ガリ版刷り乍ら月刊〝厚生タイムス〟を発行して箱根、湯河原、三浦保養所のコミュニケーションを図りサービス向上の一助とした。

赤痢にかかり部屋中を消毒されたのに本人はいつのまにか隔離病院を退院してオルグに行ってたり、毛語録を回し読みする人も居たが〝他人に迷惑をかけない〟を自から卒先する一方、ソフトボール対抗戦などして融和に努めた。

汐見台アパートへ移って（三十九・七）間もない或る日曜の朝、隣地に散らかったセメント袋などを集め、火を着けた一寸の隙に土手に燃え移ってしまい、水はホースはと慌てているところを工事現場の人々がスコップで消し止めてくれたが、当時具合の悪かった家内は〝手伝えないし胸の詰まる思いだった、もう二度と余計なことをしないで、今思ってもゾッとする〟と言うし、子供達は〝あのおかげで防災消防課長になったのかな〟と冷やかす。

このアパートも八ヶ月で新しい一〇号館へ越すことになったが、すぐ隣りだし、トラックもリヤカーも使わずコツコツと半月がかりで引越してしまった。

何事もやろうと思えば出来るはず、他人の手をわずらわさない一念からやったのに、家内はまた〝恥しいから他人様に言わないで〟と言う。

サラリーマンにとって引越しは大きな負担で、我家でも引越しのたびにボーナスが吹っ飛んだものだが、神奈川県に厄介になってからだけでも丁度一〇回引越しているのだからご推察いただけよう。

丁度この年は近年で最高の入学難が叫ばれたが、幸いに長男が私立聖光（高）から一橋大へ、次女は県立立野高校へ、次男が聖光学院（中）へ夫々合格、大、高、中の入学、卒業の式が六回という親としてもこの上ないトリプルクラウンの幸せな春の筈なのに家内はそのどれにも出席できず悲しい思いをさせ

次女と次男（昭和40年）

一橋大学と長男（昭和40年）

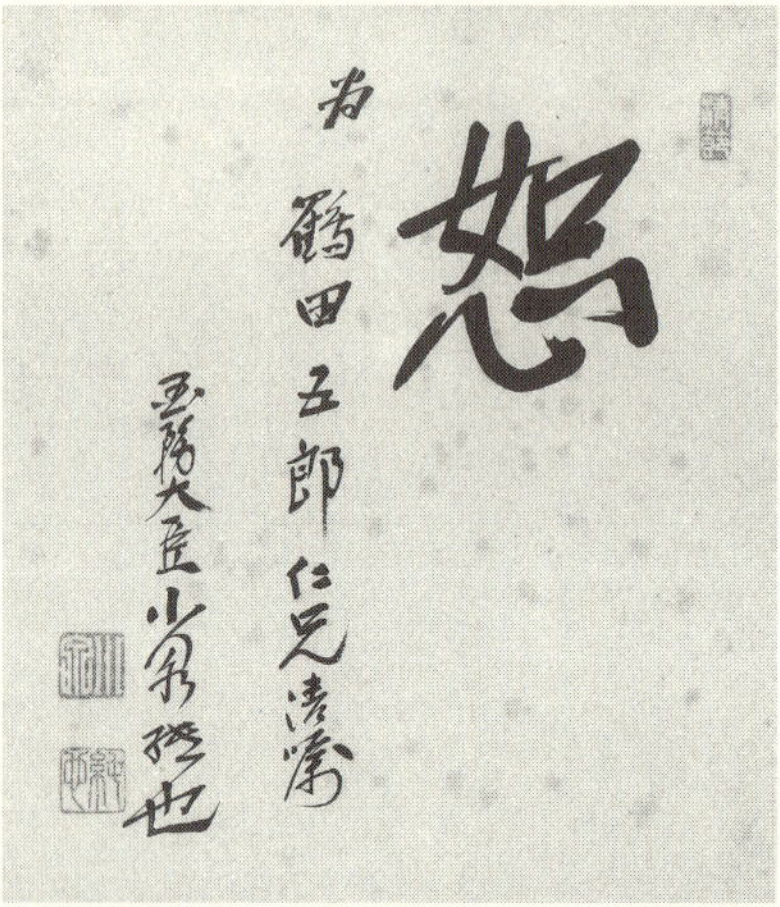

鎌倉市消防出初式
（昭和41年1月）

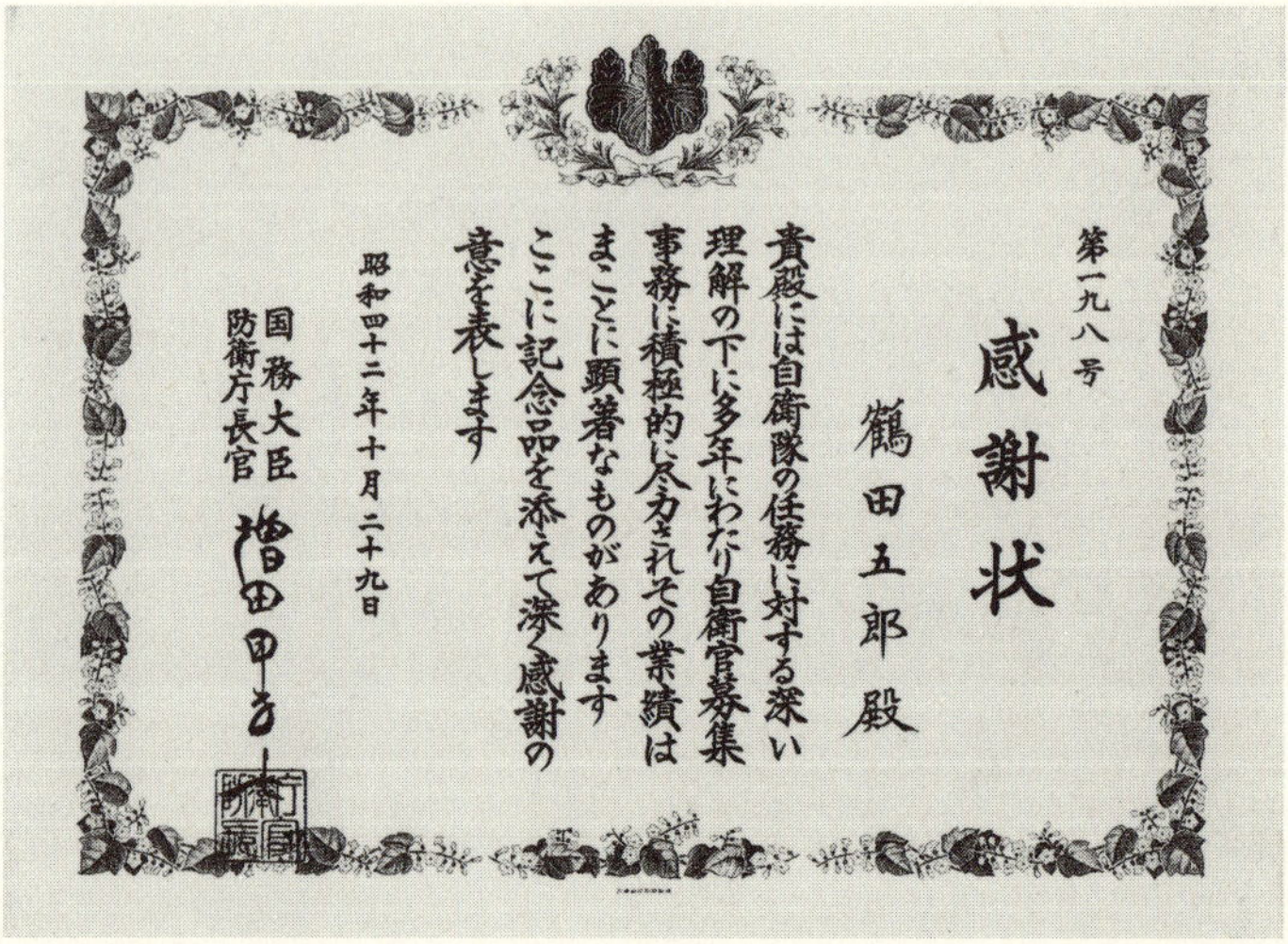
第一九八号

感謝状

鶴田五郎 殿

貴殿には自衛隊の任務に対する深い理解の下に多年にわたり自衛官募集事務に積極的に尽力されその業績はまことに顕著なものがありますここに記念品を添えて深く感謝の意を表します

昭和四十二年十月二十九日

国務大臣
防衛庁長官 増田甲子七

た。出来るだけ私が出て廻ったのだが、加えて引越しで私にとって正に能力の限界への挑戦の春だった。

防災消防課（昭和四十～四十三年）

災害対策基本法、自衛隊法、消防法を担当し、課の名称も消防々災課、防災課、消防課、独立した課のない県では地方課と全国マチマチだったが全国消防主管課長連絡協議会を構成、本県がその会長を引受けていたので、全国消防長会、消防団長会等国に対する陳情や行事出席も多かった。

そのつど知事にお伺いをたてて神奈川県災害対策本部を設置するのだが〝君が課長になってからよく本部会議を招集するね〟と肩を叩かれる程しばしば台風に見舞われた。災害は不思議に忘れた頃しかも土曜、日曜に起るから厄介である。川崎の金井ビル火災、湯河原の大伊豆、横浜の植松病院火災では、死傷者が出て大変遺憾だった。

京浜地帯を中心とする社会災害対策計画を作成したり、東名高速道路救急隊を関係市町に設置して貰ったりした。故内山知事は千数百円もするアルミ防火帽を団員に贈られるなど消防には特に理解を示され市町村関係者からも大変感謝された。

自衛隊関係では自衛隊員募集事務の功績で大臣表彰の栄に浴した。

大船ＰＸ跡地一万余坪を払下げ申請、一二〇～一五〇人収容の寄宿舎、資料館、サーキット訓練場、訓練塔等を完備した新消防学校建設計画を立案したところで管財課長に変った。

管財課（昭和四十三～四十五年）

就任の際、事務処理の促進と評価委員会の運営改善をするように言われたが、花月園競輪場、茅ヶ崎ゴルフ場、湖畔ゴルフ場の貸付検討や江ノ島ヨットコーナー、横浜駅東口の匡済会用地の処分等が主な懸案だった。

国有地払下げには、その土地に耕作者が居たり、構築物があったりするとまずこれらを排除しないと受理して貰えないため申請者側は相当に無理をしたものだ。

辻堂演習場跡地払下げでも数一〇戸の開拓農家の離作補償金を或る砂利業者にそれに見合う県有地の砂を採らせる約束で立替えをさせていたようで、某県議を通じ〝早く砂を採取させて欲しい〟という申し入れがあった。しかし厳しく規制されている砂を一業者にしかも湘南海岸目抜き場所で採取させることは問題だし、全く白紙に戻って金で解決することにした。この支出に際してはＳ部長と副知事室へお伺いして〝決裁の印は要りませんが鶴田が綱渡りをしていることをご承知おき下さい〟という一幕もあった。

大船ＰＸ跡地の払下げの場合も建物や測溝、煙突等の撤去に相当の費用をかけて申請したところ将来の発展見込み含みの坪九万余円を提示されびっくりしたが、接捗の末漸く一万一千坪七億余万円でまとまった（学校教育法の学校でないということで消防学校用地のようには減額されず精一杯の額だった）。その後根岸線開通で周辺は一変し財務局が言った通りの発展をみている。

三浦臨海青少年センターと臨海青年の家が建てられている三浦、横須賀両市にまたがる長浜の五万坪、総額六億余万円の土地も地主は一人だったが、交渉中、横取りを仄かす神戸のブローカーまで現われるなど停止条件付取得議案を提案した二月議会は迚も長かった。無事議決になった翌日、朝一番で登記を済ませ一同ほっと

ある休日、伊勢町公舎にて（昭和44～45年）

管財課御用始風景(昭和44年1月4日)。
右から二人目が総務部長、次が次長、次が著者

した。

現県民ホール用地の中心地にあたる旧アメリカン文化センター（三〇〇坪弱）の取得にも苦労した。地主からは既にこの通り横浜のプロムナードにふさわしいマンション建設計画が完了（図面提示）しているのだから、その営業補償込み代金を要求するばかりか提供予定代替地にも同じくマンションが建てられるよう市の建築審査会に交渉して欲しい等次々に出されるもっともらしい難題を解決、漸く目途の立ったところで財政課長に変ったが、此の件は引続き県参事という立場で担当せよとのS部長の指示で知事室長とも協力して国、市所有隣地を追加取得して四筆二、五〇〇坪を確保したのだった。

当時、管財課の用地費はせいぜい二〇億円程度だったが、四十四年度は最終補正で三〇億円の繰越明許費が追加になり、西口の行政センター用地や七沢リハビリテーションセンター用地の追買など挙げて用地確保に努めた

財政課御用始風景（昭和46年1月4日）

のが財政課長になってからも大変役に立った。
〝県有財産管理の手引き〟と〝県税統計一〇年の歩み〟は仲々の労作だった。
財政課長の内示があった夜は早速前祝をということになって、床の間の大狸を抱えてのストームや胴上げやらで〝浜新〟の仲居さん達は〝二階が落ちはしないかと思った〟〝こんなに楽しい宴会は始めて〟と言ってくれるし、M係長などは〝課長、位人臣を極めるものだ〟とまで喜んでくれた。
これも地方課、防災消防課、管財課、財政課と四度びお仕えしたS部長のお陰と感謝している。

財政課長（昭和四十五〜四十七年）

はじめての予算編成をひかえて〝査定はどうやって〟とお伺いしたところ〝全て貴候の考えで〟

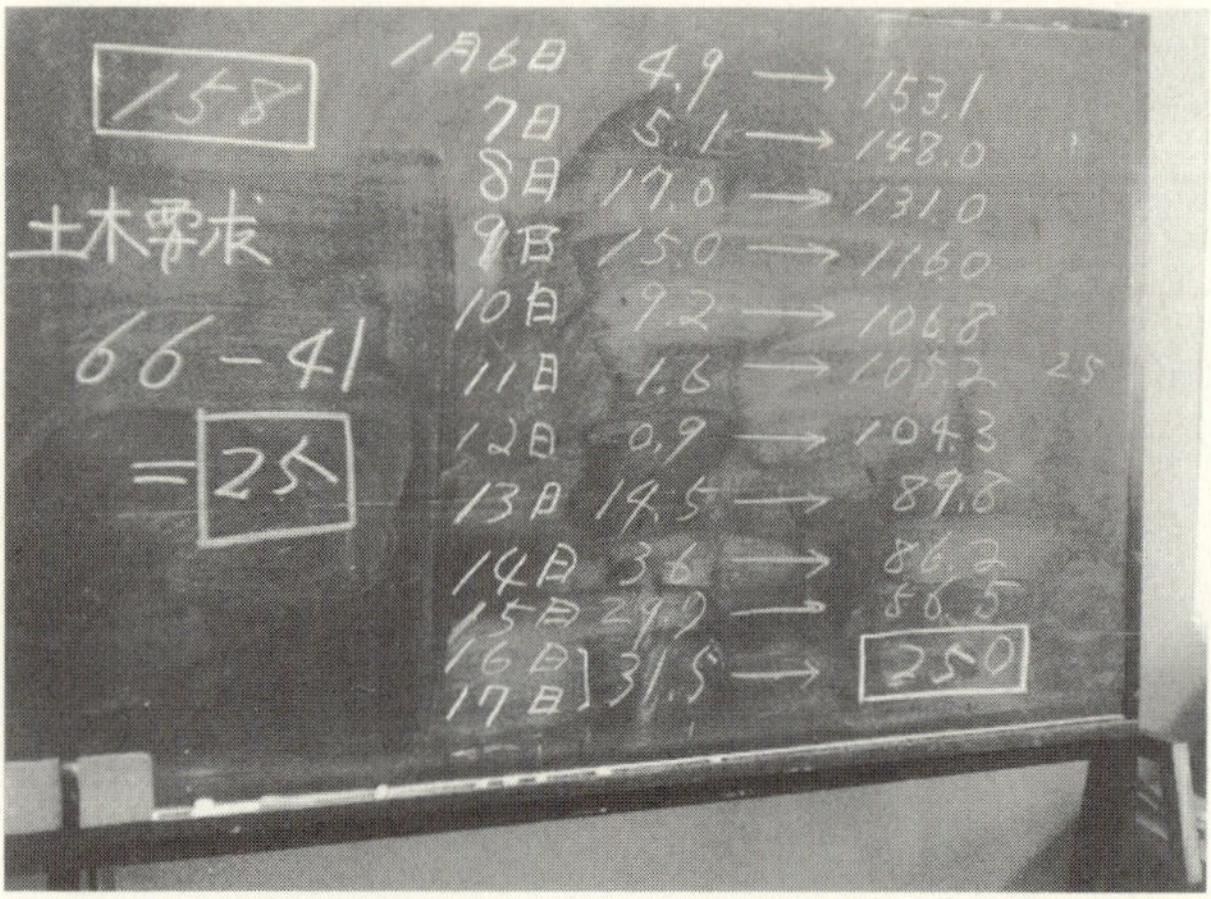

総務部長査定風景（昭和46年1月）

というS部長のお答えで、深夜或いは翌朝にも及ぶ査定だけは改めようと決意した。

予算の約八〇％は課長段階で固り、部長査定、知事査定で重点事業に数字をいただいて出来上るまでには相当の日時がかかる。庁内一五〇課、各課一〇人平均としても一、五〇〇人の要求当局に対し三〇人程の財政課が相手変れど主変らずの繰り返しではまいってしまうのは当然だし、お互いにクールに判断し合う場とするため毎日〝定刻九時開始、夕刻五時、遅くとも夕食前には終りにしよう〟と提案したところ、大歓迎され外廓団体の諸先輩からまで激励された。

〝皆んなで創る予算〟をモットーに査定もあえて調整と呼び改めることとし、調整場には財源と要求額が一目でわかる大きなグラフや〝時間内調整に協力〟を私自身の手造りで訴えるなど今迄と異るムードを強く打出した。また各主任には私の分身として作業するよう指示するかたわら、私は私で重点施策説明会等で汲んだ知事の意向を符箋にしたため要求書（査定意見書）に貼付し主任に手交した、この作業は主任の貴重な時間を狂わさないようスピーディにしかも要求書が符箋で真赤になるほど丹念に行い、私の分身として主任査定をしてもらうようにお膳立てした。

課長調整は、翌日の予定部局について担当主任、補佐等と夜十一時頃迄意見交換し（これは要求側の面前での財政課内々の意見のヤリトリ時間を省くため）、翌朝五時には起床、再度、意見書に目を通し考えをまとめて八時半には職員会館に入った。

約束通り定刻九時開始、夕方五時か六時には終了して四十五年九月補正予定査定（七日間）は一〇〇％成功した。この予算は、公害と名のつくものは何でも出しなさい、東京ではお猿子電車も公害予算の内らしいとお隣りを意識した積極的公害予算だった。

反面、長丁場（二三日間）の当初予算もこんなにうまくいくだろうか？と危惧する課員もあった（実を言うと時間内査定について、たしかに良いことだが実行出来るかな？という慎重派を熱意で説得して踏み切ったものだった）が、補正予算と全く同じようにしてこれまた予定通り運んで最終日の十二月二十八日夜おそく〝実は保留額四〇〇億、それに対する財源保留二五〇億です〞とひとまずS部長宅へご報告したところ〝ご苦労でした〞の一言で受けていただき、終った喜びとS部長の寛容には痛く感激した。此の感激は恐らく生涯忘れないだろう。

査定時間のズレから食中毒を起し査定を延期したり除夜の鐘や船の汽笛を職員会館で聞いたりしたようだが、予算調整中、財政課長は倒れてはならない、マラソンで言えば、タイムはともかくとして完走しなければならないのだと言い聞かせつつ自己のペースを守ることにした。睡眠もたとえ五時間でも零時前に就寝すると効果的だし、しかも自宅で休めるし良かったと思う。

用務員の叔父さんや叔母さんがまだハタキをかけている頃出勤するものだから、〝課長さんが一番早いんですね〟と言われたりしたが食堂や家政員の方々も待たせずうまくいったメリットも大きかったと思っている。

新年早々、総務部長査定をお願いするに当り、課長査定を終った翌日早速、磯ちゃんと藤ちゃんに意見書全部（炭俵二俵分の重さがあるとか）を公舎へ担ぎ込んで貰って財源不足一五〇億の辻褄をどう合わせるか私なりの勉強を始め、このため、正月三ヶ日は熱海の寮に籠った。

総務部長査定は、今日は何億出た、今日も何億と毎晩その日の成果を黒板に書き入れ（写真掲載）ながら流石にS部長であるピタリと纏めあげて下さった。

こうした或る日のことS部長に〝鶴さん査定中何回顔を赤くしましたか？〟と聞かれ〝そんなにありませんでした、七沢リハビリテーションの時だけでした〟とお答えしたのだが、七沢は医療機器、運営経費など何十億と要求した上、建設事務局長に俎の鯉だと開き直られた時は、民生部内で調整し直してきて欲しいと最終日廻しにした。

このほか衛生部の病院会計、教育庁の教員定数や教室数、警察本部の警察官定数や超勤、車両等で大変主任の人達に厄介を掛けながらも何とか私のような者が勤まったのは、優秀な財政課員のおかげで終生忘れまい。なお、管財課長二ヶ年の体験と老眼鏡なしで過せたことも少なからず役に立った。

総務部次長（昭和四十七～五十年）

四十八年夏には、幸い欧米一一ヶ国の海外出張をさしていただいた。翌年一月四日には前年後半からの石油ショック対策のためできた神奈川県県民生活緊急安定対策本部事務局長兼務を命ぜられ、庁内各部から選ばれた三〇余人と県レベルでの対策を総合的に処理して県民の要望にこたえた。二月の全国知事会議で田中総理大臣は世界産油量の一〇分の一に相当する量を世界人口の三五分の一にあたる我が国一国で消費している現状から省エネルギー対策の必要を強調されたが、石油の例一つとっても四十五、四十六年当時に逆戻りす

第10回国土総合開発海外視察団。
前列右から５人目が著者（昭和48年7月28日）

る秋が到来していたわけである。

事務局長の職と通常の予算、決算の仕事がダブったためか十何年振りに風邪で二日間寝込んでしまった。

総務部長、財政課長は予算編成作業のため決算審査に出席できないから、議長の諒解をいただいて次長が出席するのだが一つの事業に当年度、過年度、新年度と頭の中で数字が交錯するし最初は大分とまどったものだ。

五十年の知事選挙では、立場上、特命で県政を顧みる資料調成にあたったり、部局連絡会等を取り仕切る格好となった。また、この年の当初予算編成は、知事選挙をはじめ地方選挙の情勢を反映してかいつもと違う異様なムードだった。

水道局長（昭和五十〜五十二年）

七年間も据置かれてきた水道料金の値上げは、革新県政下初の公共料金値上げでもあり、綿密な資料をもとに提案したのだが常任委員会では多数で一部修正され本会議で逆転原案通り可決という難産だった。

額は僅かだったが数年前の某出先職員の非行が明るみに出て大変迷惑をおかけしたが、私にと

箱根花月園ホテル（昭和52年5月）

二宮の海岸。妻と初孫の３人で日光浴（昭和52年）

っても永い公務員生活中、只一度の遺憾事で悔まれてならない。昭和五十年総務部次長から水道局長への移り変り当時を顧みてだろうか〝幸不幸は人次第、運不運は天次第〟という恩師の言葉がしばしば思い出される今日この頃である。人にかかわる苦労話を敢えて書き記したのは、大勢の中にはかなり変った人が居るもので、とくに現場や出先で庶務、総務など管理の掌にあたる人々の苦労を察してあげていただきたい一存であるからご諒承賜わりたい。

湖畔C.C.での歴代企業庁長コンペ
前列右端が著者（昭和51年5月8日）

鶴田を囲む会　総務室、財政の幹部による
（昭和52年9月12日）

二　随想・放談

故桝居課長の追悼会にのぞみて

月日の流れは早く、桝居さんが急逝されて早や二年有余月の昭和二十五年十月二十一日、前茅ヶ崎市長現県会議員添田良信氏、茅ヶ崎市長内田俊一氏及び茅ヶ崎市会議長堀越誠氏等の発起による故桝居宏氏の追悼会（茅ヶ崎市小和田上正寺にて）に元地方課市町村係長現神奈川税務出張所長沢村佐市氏とともにのぞみしづかに氏の墓前にぬかずけば、当時の面影が走馬燈の如く浮びあがってくる。

……和文を飜訳しつつ英文にタイプされる姿、軍政部での英語による接衝振り、Tさん僕は神奈川県に来てまでタイプを打とうとは思わなかったよと冗談混りに話された声々、風呂敷包みを小脇に抱え前かがみで小刻みな歩き振り、当時の山崎課長、桝居さん、私と二十九歳の三人組だと元気に飲み歩いたことども等……

氏は実にあらゆる点に秀いでておられたにも拘らず、一度も〝己〟を口にされたことを聞かなかった。また人から頼まれれば何時でも喜んで引き受けるという誠に大きな人格の持主であられた。

かくして僅か審査係長在職六ヶ月にして臨時渉外課長に栄進、間もなく地方課長兼任に補せられたのであるが、就任に際しかねてから私共の係の空気を察しておられたのか『Tさん、私の目の黒いうちは今までのような取扱いはしないから』と言って励ましてくださった言葉が今尚はっきり耳に残っている。それから半月後の昭和二十三年八月二十一日地方事務所長会議に出席され午餐に向われる途上突然喀血死されたのである。あの日も私は氏が会議に行かれるまで書類を持って氏とお話していたが、迫りくる運命のきざしなど微塵も感じられなかった。秀才は薄命とか、しかし氏は太く短く生きられたのであり、もって生れた力は僅か二十有余年の生涯にすべて発揮し尽されたのであろう誠に立派な往生であった。

最後に、重ねて氏の御冥福をお祈りするとともに、とかく人の世は有為転変常ならず余りにも現実に走り勝ちなとき、氏の偉績にふさわしく墓地を整えられ、心からなる追悼会を催して下さった関係者の御好意に深く胸を打たれ心から感謝いたすものであります。

（「教養月報」昭和二十五年十月三十一日号掲載）

税務課員となって

仕事が変ると一時的に能率が下る、私のように始めての仕事についた場合はなお更である。今の私はどうして皆さんについてゆくか、先輩の輝かしい事績を維持してゆくかに懸命である。

わたくしは各府県同僚と共にした六ヶ月の自治大学校生活で、本県行政のレベル一般について少からず自信を感じた。中でも財政の健全さは大きな誇りであった。

卒業論文（地方財政）で、〝都道府県財政指数等からみた神奈川県財政に対する批判〟と題し、地方財政が年々窮乏の一途を辿り昭和二十七年度において赤字額三〇〇億に達しようとするとき、本県がなお健全財政を堅持している原因は、「第一、税収入の伸が著しいこと。—（客観的条件）—第二、理事者を始め関係者の財政運営に対する熱意。—（主観的条件）—の二拍子揃ったところに基因し、特に今日のような財政事情ではむしろ主観的条件によるところ大であろう。」「決して所謂〝富裕県〟ではない。」「今後の問題点としては、歳計剰余金が年々減少しつつあること。県税収入は漸く頭打ちの気配があること等を挙げ。」「とも角、今日よく財政の自主性を堅持していることは正に理想の財政体制にあるといえるであろう。」とした。

このような本県財政運営の一端を担われる税務関係八〇〇人の皆さんに心から敬意を表し、新たにその一員になったことを誇りとするものである。

公務員生活の中でも主任、係長は、いわば花でいう蕾だと思う。進んで求めたこの天職を月並みに平凡に生きることなく、機を捉えて大いに頑張り仕事に生きることこそ、最も意義のある公務員の人生だと思う。明治維新の先達が大抵三〇代であったことに思いをいたし、徒らに老人化することなく、若さを持って公務員らしい仕事を思う存分やってみたいものである。

民主政治の基盤たる自治の理念は、住民の、住民による住民のための政治といわれる、われわれ公務員は住民の信託を受けているものである。

県という自治体も、県吏員たる身分も県民と遊離して存在し得ないのである。〝県民のための仕事〟というイデーを忘れては、いかに法規に明るく、いかに目が利き、いかに珠算にたけていようともゼロである。営利を目的とする民間企業ならいざしらず、早晩機械にとってかわられる存在に違いない。いかに社会が複雑化し、行政が近代化しようとも、仁徳天皇の仁政と二宮尊徳翁の徳政に学ぶことを忘れてはならない。

このように近代的な分任の要請と前近代的な仁の精神とをうまく調整し両立せしめる困難と責任の上に立つところにわれわれ公務員の意義と誇りがある。公僕たる真の意義もここにあって、決して単なる下僕（しもべ）を意味するものではないと考える。

税務という仕事は、行政費用を確保するもので一般行政と表裏一体をなすものであることはいうまでもない、しかしなお一つの異る面を合せ持っているのではなかろうか。たとえば社会福祉事務と比較してみよう。社会福祉事務は多かれ少かれ直接に住民に寄与し、ほどこすものであるに反し、税務は住民に負担をかけるもので、そのとり方如何が納税者を強く刺戟し、間接的な福祉とも連なるからである。ここに税務にたずさわる者の困難と苦心があると考える。

すなわち、住民に課税することに一種のほどこしの面と健全な行政の推進に要する充分な収入を確保する両面を具有することは、凡そ他の仕事と大きな違いである。

したがって、われわれ税務職員は特に〝県民のための仕事〟という精神に徹しなければならない責任があるのではなかろうか、勿論〝情に棹させば流される〟の通り流されてはならない、けれども常に相手の身になって考えるだけの余裕を持って一つ一つ慎重に処理したいものである。

これは極めて困難なことで決して机や筆の仕事ではない。しかし、公務員として最も仕事らしい仕事であると言える。このような困難な仕事にあってその責任を充分果し得るならば如何なる他の仕事もこなせる公務員だと信ずる。


税の諸原則の一つ〝便宜の原則〟に注目したい。私の僅かな経験の中で、箱根のある旅館経営者から季節的に収入の波のあることを理由に冬枯れの後の納期を大きな負担とする声や、三崎のある飲食店主の遊興飲食税の負担からくる料理の内容低下と容量の減にいたるバランスの微妙性を聞いたが、地域的特異性等から成る程と思わせることもなくはない。

勿論厳正に法令が定めるところにより施行するのが第一線職員の職務である以上、縁遠い原則とも思われるが制度的に、法制的に如何にこの原則が採り入れられるかは今後の大きな課題であるように思う。

さらに又近時、財政調整に名を藉りて税の原則を曲げるような税制改正が屡々意図される傾向が見受けられる。たとえば大都市に対し特別の税源が府県から譲られようとするが如きである。このような試みに対しては断固税の原理原則を守りぬくべきであろう。

（「税務時報」昭和二十九年六月号掲載）

政治と行政

三権分立論から政治と行政とは厳格に区別して考えられて来た。しかし近代国家においては、行政機能の増大、複雑化のため現実が許されないところの理論として古典化しつつある。

言い換えれば、政治とは政策の決定であり行政とはその政策の遂行だという風にとかくはっきりと割切れず、互に接近し二重性を帯びつつある。「揺籃から墓場まで」という如く行政の分野が政治は勿論司法の分野にまで割り込みつつあり、政治は行政執行の成否を予測せずしてあり得ないのである。

今日の我国の実情はどうであろう、行政が政治化しつつあるのではなかろうか、これは最近の国会政治がとみに世論の反駁をかりつつある点にあらわれている。

政治の行政への介入が激し過ぎるのである。政治的妥協が極めて末端までビシビシ行政を拘束しつつあり、純粋な行政的角度からする理論が頭を出す余地がないようである。

これは我国内閣制度及び国会制度の欠陥でもある。

民主政治は多く妥協の政治といわれる。それにしても戦後の我国の諸策諸論には独自の揺ぎない目標を欠いているのではなかろうか。なる程「理想の」ということが屡々用いられているが、単に場当り的な修辞に終り、具体的にこれが「理想の姿だ」として、国民に訴えられていない。

或る新聞特派員のニュースに「アメリカからもらったドルでフランス人は酒を飲んでしまったが、ドイツ人は工場を建てた。工場どころかドイツ人はアパートまでチャッカリ建ててしまい最後に町の中心のビル再建にとりかかったところだ。」とあった。

われわれも我国百年の大計に値する政治と根源的な行政制度の改革確立を強く要求したい。

さて行政は二重の性格を有する（行政の二重性という）。すなわち第一に政治への奉仕性、第二に社会的専門性からくる「政治に対する中立固有性」との二つを具有するのである。

民主政治は多数の政治である。だからといって、行政が単にかかる政治への奉仕にのみ堕していては、近代国家の要請する「迅速と複雑性」に応えることができず、民主政治そのものが役立たなくなり危殆に瀕するからである。この二重性が調和されて始めて民主政治の確立があるわけである。

即ち、今日の近代化は原子力第三革命ともいわれる如く恐るべき速度をもって進行していることを思えば、政治の行政に対する拘束はなるべく限定し、行政は技術化、標準化してその固有独立性を維持しなければ、民主主義そのものが統制的な社会主義にとって代られるおそれがあるというのである。

ここにわれわれ行政にたずさわる者として、多くの実務家や行政学者の奮起を期待し、政治に屈しない理想の諸見をビシビシと政治に、行政に反映せしめることを要望する。

現在のように利権的思想に連る数の政治に引き廻されることは深い反省を求めねばならない。「行政に政治を入れるな」ということは決して言いすぎではなく最も時代にマッチした合言葉であろう。われわれ税務職員にとってもまた胆に銘ずべきことである。

（「税務時報」昭和二十九年九月号記載）

マージャン談義

マージャンに対する批判が漸く高まって来たようだ。ヒロポン、パチンコ、暴力団等の社会悪撲滅運動と歩を合わせた世論かも知れない。

阿片戦争にちなんで謀略戦争の一手だと気をまわすものから……戦前は亡国の遊戯として官吏

の風上にもおけぬとされていたのに、最近では国のバック・ボーンたるべき公務員層に漫延し、それも第三期症状を呈していると慨嘆しているもの等がある。

ここでマージャンの善悪を批判する資格もないし、しようとも思わないが、余り広く推奨しうる遊びではないように思う。

かつて田中教授の観光実態調査班の一員として或る一流旅館にのぞんだときのこと、〝火鉢や調度品を差押え、その前に上り込んでマージャンを打って引上げた税務職員があった、ぬかりなく揚代として心付けをおいて行ったが金額の多寡の問題じゃない（投げ返してやりたかった）人情の問題だ〟と親娘が激怒して訴え、あれじゃ泣き切れませんよ！というのがあった。

勿論、こんな不心得がたびたび、しかも当世許される筈はない、だが好きな道に目が眩み、傍若無人にするのがこの遊びの最大の欠点であることも否定できない。

私は全然駄目だ、生来、運動もやったし勝負ごとは好きなのだが好みが違うらしい、それと体力の問題もある。

これで体をこわした人も相当多い、やり出せばあとを引くし、いよいよ〝シュン〟に入った今日（きょう）この頃では懐（ふところ）と健康とに充分注意してやって欲しい。

（「税務時報」昭和二十九年十月号掲載）

遵法の心

洞爺丸、相模湖の事件は、われわれの心胆をえぐるものがあった。それはわれわれの戦後における虚無的な、或は加えて特定勢力の陰謀的魔術にかき乱された法に対する不感症状に一大ショックを与えるものであった。

大新聞はこの事件を捉えて我国の人口過剰問題と結びつけ、政治の貧困を談じているものがある。たしかにそうかも知れない。政治経済の困窮打開の究極は人口と国土の問題にあるようである。まして原爆雲や原子砲林立の周りを思えば正に窒息しそうである。

しかしこれには若干の飛躍があるようである。

というのはいつかの神奈川ニュースの今にもこぼれ落ちる程人の乗った日本丸の如く日本は人で一杯であるがこれは誰のものでもない、われわれの責任である。われわれは窮屈でも法を守り楽しい社会を築かねばならない。いわゆる尊い遵法精神強調の前提がなければならない。法を軽視する風潮は日本丸を転覆させるに相違ない。

一歩家を出ればいろんな問題がある。たとえば米の配給、電車、汽車の乗物、給料等をめぐってである。あの事件以来、車掌やエレベター嬢がにわかに自覚し始めたのなど可愛いことである。是非永続きして貰いたいものである。

しかし、もっともっと大きな所から反省しなければ駄目である。暴力団狩り、近江絹糸、保全経済会問題など良い教訓である。

法律もまた〝やり得〟のないような法律にしなければならない。

われわれの税の社会に幾多の問題がある。法律が悪いから守らないというのは無政府論者か現状打破者のいうことで我国では通用しないことである。われわれ役人は法律の守護者であり実施者であるから先ずもって範を垂れなければならない。

課税上、徴収上のろう習或は租税政策上から等いろんな問題があり、この中にき然として法を守り抜くことは並大抵のことではない。まして税は半可通な取り方をすれば相手が喜ぶ場合が多いのだからなお更である。しかし、これは丁度定員以上に自分だけ乗せて貰った時の淡い喜びに過ぎないのである。

これが漫延すれば日本丸は危殆に瀕するのである。

ともどもに遵法という方向に国民全般を建て直す必要を感ずるわけである。

（「税務時報」昭和二十九年十一月号掲載）

ワンマンに学ぶもの

ワンマン――これほど世間の注目を引く言葉はないであろう。いまや『ワンマン』が忌み嫌いの斜陽形容語となりつつあっても、『ワンマン』には学ぶべきものがある。すなわち、政治や新聞と張り合う強さである。

われわれは、官吏から公僕に変っても多かれ少かれ『法律の執行者』である。われわれが附和雷同では困るのである。

先き頃、中央の偉い方が県下の遊飲業者の会合に出席し、税法上もっとも物議を醸している或る問題点についてその立法論をぶち、案内により陪席したわれわれ同僚を前に、県の措置の非を指摘された由である。

業者もまた（虎の威を借る猫？）とばかりに馬鹿野郎呼ばわりの吊し上げを喰わしたそうである。

○○　○○　○重役と幾つもの肩書を持った御仁が、中央の係官をお伴にこのように演出されるとわれわれの立場は、とても苦しくなると同時に不可解（迷い）を覚えるのである。
ただし、ここが肝心、あくまで正しい法律の運用をもって応える強さがなければなるまい。
確かに法律はこの人達が作った、しかし現実に執行するのは公選知事である。われわれにそう多くの人に忠を強いるのは無慈悲である。

ワンマンの威力の裏に言論無力論が引合いに論じられている。否そう悲観に及ぶまい。世論を背景とする新聞が強いのは結構であるしそうなければならない。民主々義の基盤であるから……。でも、一片の社告で二割近く値上げしたり、プロレスだ、サーカスだ、野球だ……海の家に至るまで出版物云々どころかいろいろな事業ができる。正に新聞王国の感さえある。……これは見えざる威力である。

この威力に対し、ワンマンは未だに時折第二のコップに手を伸ばされるらしい。（快！）
われわれも、中央の同僚も大いに学んで、少くとも〃コンニャク問答〃を露呈しないことにしたい。末端が困るからである。

要するに、世に完全な人はいないはず、その用い方如何にあのである。当世、芯のある人がもっと欲しいのである。ましてわれわれ公務員にはなおのことである。

みんなが、満員電車の浮草客になったら潰れてしまう、支える人が要る。社会もそうである。阿世家ばかりじゃ正直者が馬鹿をみる。

（「教養月報」昭和二十九年十二月一日号掲載）

編集後記

今月は税務時報創刊三周年記念号にあたるので新しい試みとして巻頭言を設け各所課長の廻し持ちとした。

公報の如く無味ならず、雑誌ほど柔かすぎず、読まれる教養誌に成長させたい。

選挙も予想どおりに終った。でも二月号は印刷ブームのあおりを喰って随分遅れてしまった。

温い桃の節句と思うと途端に雪だ。季節に狂いが入ったようで常識は役立たなくなった。お互いに悪質流感に押し流されないようにしたい。

ハマは火事の当り年、三月はそのまた当り月、ポンプはあるが水の便が悪かった？　と、かつての荒鷲、鉄砲のない兵隊のあった当時と変ってない。総合性の欠如というもの、まずは賦課といわず徴収といわず血の通った仕事をしたい。

びっくりするような最終予算と当初予算が決定した。全く税務は県政の大黒柱になってきた。

三、四、五月は時報など読む暇もない程忙しいことだろう。だが、忙中なお閑を得てめでたく昭和二十九年度を送ろう。

（「税務時報」昭和三十年三月号掲載）

ゴウホウらいらくの人秋山喜市氏

歴史的町村合併、四年に一度の地方選挙、加えてまた宿命的な湯河原泉区の問題や自治功労者表彰とあっては、盆と暮どころじゃない常識前のボリュームである。―かつて、これらのいずれも経験した私にはよくわかるまさに地方課全体が〝悲壮〟な決意にみちていることと思う。―この課の課長さんとあっては、まさに『時の人』である。それも四人や五人を一束にした程の『時の人』だと思う。獅子奮迅である。

このような凄壮なシーンを前にかつての一員をしてその主を批評せよというのは酷である。『他に人がいないから』という編集者の懇望である。

豪快、仕事一途の人である。

果断、肉を削がして骨を断つというが、たとえ腹背に敵を受けても後門の狼には構わず前門の虎のみを撃つ人、従って器用な真似や要領を用いるなんてことは全く見受けることは出来ない。しかし、いわゆる『役所の組織』という点では極めて厳正である。

人よく『政治家タイプだとか警察官タイプであって事務屋じゃない』とか『ワンマンだ』というが五年間地方課長の職にあり、十幾つの大選挙（選挙は地方課長の命取りといわれている。）を始め、幾多の困難な仕事を片付け、今またあの大事業の大半を成された現実の前には雲散霧消すべき所見である。

とにかく、仕事をさせる人である、後門の狼は自分が引受けるんだという意志を持って侍するならば、あれもこれもという人よりもかえって働きがいがあろう。

あとは、私の見た当時の思い出話の紹介で勘弁願いたい。

選挙と課長さん

時（休みでも）や場所（宅でも）を問わず常時仕事と共にある人である。だから、選挙は徹夜の連続であっても余程のことがなければ早く引上げられる。翌朝、寝ボケ顔で種々報告すると、『御苦労でした、君も泊ったのか』といぶかわれたこともある。

何時の選挙であったか夜中の二時頃のこと、幾分茶目気を出して誰かが宅に電話を掛けた、暫くして『アアモシモシ』と出て下さった。『課長さんですか、只今終りました、休みます』とやった。『ソウデス、君は誰だ、早ク寝ロッ』ガチャンと来た、ユーモラスがある。選挙は和気あいあいでなければできない、部下の心服がなければならない。

人の面倒と課長さん

人の面倒は実によくみられる、徹底している。課長が来られてから、係長で課所長にして出された人がざっと十人もある。

特市と課長さん

特市問題の酣な頃は、一日を競うようなしかも極めて政治的で微妙な仕事が多かった。『これから東京へ行く、急ぎの意見案を練って貰うから車に乗ってくれ』といわれて、石山君と二人で、紙と鉛筆を持って、車の中で指示を受け、東京で課長だけ降りて貰って、その儘ドンデン返して厳命の三時迄に三、四十枚もの意見案を書きあげて待っていたことがあった。こんな時も『機密のためやウルサクて仕事が出来ねば僕の家でやってもよいよ』と気を配られる。

会議と課長さん

『君、一堂の者に熱が入ってくると部屋全体の空気がガアーッと熱くなるもんだよ』といわれるとおり、このような催しを行う際はドアの開閉、咳一つにだって注意された。

逆に全国会議や講習会等に出席されても、決して名調子とは言えないが、この熱でもって一堂の注目を魅く方である。

ユーモラスと課長さん

なかなかユーモラスである。自動車でつっ走りながら、出しぬけに『オイ、アリヤ何だ』とおどかされるのでびっくりして前方に眼を向けると道路工事の赤旗であったり、桜木町事件のあとだったか一緒に六、三電車に乗ったところ『俺は出られるかな』と窓から巨体を乗り出されたりして大笑いしたこともある、豪放らいらくの人である。

（「教養月報」昭和三十年四月一日号掲載）

礎石は打たれた、しかし

終っての感想

この種の研修（J・S・T）は既に受けたこともあり、自治大学校の六ヶ月が研修を受ける最後かとも自覚していたので、他の人に出て貰おうと思ったのである、けれども半ば決定していたようで余り固執もせず参加することになったが色々の意味で効果があった。

1　人間関係において特に効果があった

腹を割って話すということがある。そしてよく酒を汲み交すが、今度の研修では各部を代表して一人一人が終始堂々と腹を割って話し合った、何の屈託も嫌みも残っていない。吾々の人間関係は今までにない親しみと密接なつながりを生じた、これは今後あらゆる面にあらわれて来よう。

2　会議式研修の良さがわかった

会議式研修とは、指導者一人と十五人（程度がよい）の参加者が一寸したテーマを中心に意見を発表しつつ黒板に記録し、発言の終ったところで教材が配られ皆で読み乍ら纏める方法で、いわゆる一方的な講義式とは正反対で極めて民主的である。すなわち、

（一）終始、和やかで思うこと聞きたいこと全部を消化した、これは参加者がみんな揃っていて、所謂テンションが無かったせいもあるが、逆に火中に和を生ぜしめることもできるところに会議式の真ずいがあるのではなかろうか。

（二）集団思考というか、皆が考えさせられるし、相手の意見を聞かされるから居眠りなど全く出来ない。真剣になるせいか平常の勤務より疲れた。

（三）実習が迚も良かった、色々やったが、その一は、問題とそれの解決策数例を提示しておいて、参加者の中から司会者と観察者各一人を選び後の十三人が座員となって、どの策をどういう理由で選ぶかを次々に発表し合い、四十分間で結論を出すいわば司会術の演習をするわけであるが、アガッテしまって時間だけが気になり仲々うまく行かない。最後に観察者と先生が批評する仕組のものである。

このような方法で、例の『女子職員のお使いやお茶汲み問題』をテーマにしてやったが、次のような結論が出たのは面白い。
(イ) 男女職員はその体質の違いから、力仕事は男子が進んでやるとか手伝っている場合が多いから、女性に適するお茶のサービス等は進んでやって貰うようにする。
(ロ) この場合の頼み方だが、当然のこととして頼んではならない。『スマナイ』が『コレコレ』と頼み、また一言『アリガトウ』と礼をいうこと。
この外、色々の形で教え方の実演などやったが談笑の中にも真剣で面白かった。
反面、会議式研修には次のような限界もあるようである。
(一) 教材にズレが来ている
時間的に五、六年を経ているのと中央官庁的で地方団体の特殊性実情の上に立っていないことその他バタ臭いギコチナサ等である。
(二) 果して職場でうまく行くか
同じレベルの者が集る場合、うまく行くが、階級的な係なりに採り入れた場合、係員の活発な発言をコールするには係長が極力発言を遠慮しなければならないが、果して係の職務に係る問題に係長の考えをどの程度露けん出来るか（所謂、指導性発揮の限度？）―ここにテーマの限界がないか―

㈢　会議式により出た結論と上級監督者の決定、命令との関係についてであるがその結論と上級監督者の決定、命令が逆であった場合、迚もまずい。これを回避するには決定に係る重要な事項はテーマに不向きであるという限界がありはしないか等である。

3　職場研修の必要に同調する

この研修で特にその必要性が強調されたわけではなかったが、研修途上において、その必要性、方法等はみんなで討議し確認されたところである。

私も税務課企画係長に就任早々の第一着手として、『如何にして徴税の効果をあげるか』という点を約二ヶ月に亘り各県税事務所の声を聞きつつ検討した結果①人事交流による職員の質的向上②職員の研修による能力向上によることが先決であるとの結論を得た。①は私の職務外であるので、②の研修に全力を尽すことにした、これがほかでもない職場研修でありその必要は職場の最大の声でもあることを附言したい。

4　礎石は打たれた

今度の研修で、一五人の指導者ができ、その研究グループも生れ毎月一回会議することに決ったがこれは大きな礎石となろう、本来職場研修は、日々の見よう見真似にも存在することを思えば、組織的に筋金を入れることこそ最も肝要なことではなかろうか。

将来に対する希望――問題はこれから――

1　職場研修方針の確立

数年に亘る研修の効果と相まって、今日一つの転期が訪れたのではなかろうか、ここに経験の上に立つ方針を速やかに確立し明かにして単に上司や同僚だけでなく部下に及ぶ全般にほうはいたる熱意をわかせねばならない。只スタートさせるだけの方法は従来の研修方法でありスタートからゴールまで共に滑り込むのが職場研修である。

2　職場研修管理者の設置

兼務とか片手間では実が上らない、そこで最小限度でも有権的組織化をしなければならない。すなわち、中央研修にあたる研修室は一般的共通知識と一般社会人としての研修を担当し、各部研修管理者（仮称）は職場独特の専門的研修を担当することにするならば、研修システムは網羅的となり効果的であろう。

3　時間外研修と超勤の問題

職場研修の最初の問題は時間である。勤務時間中適当に実施する研修は職務と認めて貰いたい。それでは、時間外に行う場合、職務の延長と認められるか否かは切実な問題である。勿論そんな余裕はあるまい、何れにしてもはっきりしておきたい。

経験者の告白

関東財務局見学による経験談を紹介しよう、総務課長氏の『一人一人が馬車馬のように進めばよいというのではない、皆が自分の職務は勿論のこと他の同僚の仕事についても知ることは役所全体の仕事が向上することになるわけだ』という言は誠に当を得たものだと思う。

（「教養月報」昭和三十年九月一日号掲載）

税と法

税の起源は、都市国家の発達とともに住民の都市防禦義務の免除懇願のためのべーデ（――懇願税）に始ると言われる。かつて見た映画「七人の侍」では野武士の襲撃に苦しむ農民達が部落を守るために次々と侍を雇入れ七人になる、その間、農民は自らは稗や粟を食べながら米粒を出し合って侍の兵糧に充てるという場面が描れていたが、ここにも既に税の生い立ちが伺われる。

財政学的な税の定義は抜きにして税のよって立つ根拠を探究するに、要するに税は権力的集団が掟（オキテ）によって課するもの、近代的な言葉で申せば国又は地方公共団体が公権力をもって課する義務であり、法律という唯一の紙証文をよりどころとするものに外ならない。

納税が憲法をもって国民の一大義務とされる所以である。

法は、所謂原始社会における掟に始り近代化の今日では国民を代表する立法機関により制定されるものとされている。この法律が存在せずして税はあり得ない。たとえ、その法が悪く曲っていると思われても無視するわけに行かない、何故ならばそれは法律によって描かれたものに外ならず、法律を否定することは同時に税の不存在を意味するからである。

このように考えてくれば、われわれ税務職員の法を尊重し遵守する心構えは他の一切の職よりもまして絶対的なものであるといわざるを得ない。

ややもすればわれわれ自ら法令と遊離して常識をもって片付けようとする。安易に流れたがるものである、色々な納税者からの要求や異議の多いことはわれわれ税務職員の勿論覚悟の上のことに外ならない、われわれが自からこのような一般の空気に同調し税法や条例等の定めを甘く見るというようなことになれば自から己れの首をしばるのと同然であり全く許せないことだと考えたい。税務職員にとって「イイ子ニナロウ」という考え自体極めて危険なことのように考えられてならない。

去る七月の某新聞社説で「守られない法律」と題し「売春、関係法令、食管法、風営法及び地方税法（遊興飲食税）等を例にあげてなんと守られない法律の多いことよ、中でも遊興飲食税にあっては行政官すらこれを守ろうとしないところに大きな問題があると極言し、これは国民全般に遵法精神を失わしめるものである。法律を守られる法律にするには、ここいらで考え直さねばならないとするものがあったが、…………

問題の遊興飲食税の明るい門出にも祝福してここに大いに反省しなければならない秋ではなかろうか、守られない法律をなくするなどというなまぬるい問題ではない、「守るべき法律」ということがわれわれの至上命令であるという頭の切替えの問題である。

ここに真の民主々義も芽生え出るものと考える。

税における法令の地位は至上のものとし、遵守して行く上にもう一つ大きな問題がある。すなわち、法の解釈である。かつて学生時代に「法律を志す者は、悪いことでも正しいとし正しいことでも間違っていると言い張る程の自信を持つ迄学びとれ」と激励されたことがあったが、このように法には常に二面（或はそれ以上）の解釈が成り立つと思う。だからこそ司法官に対する弁護士の職も成り立つのではなかろうか、万人が等しく同意に解釈しうるような完全な立法技術の向上は一寸困難ではなかろうか。

よって今の段階、このような法の二面の解釈論を駆使することはその場に即して当然必要となるのであるが、ここで如何にしてその間に筋を通すかというところに真の法の運用という問題があるのではなかろうか。われわれ行政官には右にし左にするような迎合便宜的な処分は許されない、法は如何様にも読める程研究はしなければならないが、苟も処分の上に脈々たる神奈川県の一貫した筋を通すためには、自治庁の解釈と相違し或は現地の実務的な考えと異る場合であっても退くわけには参らない場合があることを理解して貰わなければならない。

逆にいうならば筋をはずさない限り最大限度の弾力性をもって臨むものである。

（「税務時報」昭和三十年十一月号掲載）

税と公務員

何日頃か忘れたが「青函連絡船で、隊列を組んで待っていた自衛隊がいざ乗ろうとすると横合いからマンボスタイルのティンエージャーがズカズカッと割り込んで来た、そこで、一等隊佐（旧大佐）の隊長が、〝並んで下さい〟と言うと、〝何だ税金で……〟と言いかかって来た、隊長はグッとこらえて、そのままやり過した……。」という記事を見た。このように常に冷い眼で見られ、日蔭者の座に肩身の狭い思いをしている自衛隊もわれわれ公務員の同類であることに思いをいたさねばならない。

私は或公舎の一隅に住んでいるが、公舎界の廻りの環境が余り良くなくまた違うせいか、公舎の子供達と廻りの街の子供達とは余り遊ばないようだ、それどころか学校やお使いの途中よく喧嘩をしたり意地悪を言われるらしい。しかもその様子を聞いてみると、「お前なんか税金で喰……」というのさえいるらしい。おそらく親達の入知恵によるものであろう。また、廻りの主婦達は公舎の主婦のことを特に「上の奥さん」と言っているとも聞いている。

これなどは、古くからの公舎と近隣とのテンション（対立感情のようなもの）の端的な現われであり、それが当世最もピンとくる「税金」という言葉で身近なわれわれに投げ掛けられているると言ってよいのではなかろうか、今日これほど税は一般に沁み入っているということになろうか。

これに対し、われわれ自体の税に対する認識はどんなものだろうか、世論が常にその軽減を叫んでいるとおり勤労所得税の負担が高過ぎるということは毎月の月給袋や中でも間近かに迫った年末調整とやらで身に沁みて感じているところである。しかしまた、反面これが直接天引きされることからくる安易さとわれわれ公務員が税によって立つ存在であるため先頭に立って税負担を否定するわけに行かず自然と内攻的な認識とならざるを得ない事情等から知らず知らずその他税全般の薄れた認識ともなりかねないのではなかろうか、更にその上旧来の陋習や特権的意欲等がミックスされてくると最早や完全な不感症状になってしまうのではあるまいか。

これが最も良くないのである。このような間隔が住民一般の不信と反発を募るのである。われわれ税務職員はただ税を集めるばかりでなく常にその意義を高め、このような悪風潮に対しては卒先して遠慮なく警笛を吹き鳴らす義務をも合せ持たねばなるまい。

一体、税と公務員とをどのように見たらよいのであろうか、先頃の税経評論だかに「最近〝公僕〟という言葉が影を消してしまったようだ、反面、憲法改正、自衛隊、放送法改正等役人の独断論が横行しつつある。役人は〝公僕〟ということを忘れ、国民の指導者だと錯覚して来つつあるのではないか、こういう考え方が国民の税金で喰っている役人全部に沁みこんでいるとしたら大変なことだ。特に司法権を持つ警察官と課税権を持つ税務官公吏に指導者意識が入りこんだら狂人に刀をあづけるようなものだ。」と極言している人があったが、私はこの見方には少々異論がある。大体、公務員（Public Servant）を一概に〝公僕〟〝公僕〟というのがおかしい、公僕とは公のしもべということであろうし、その給金として国民から税金で戴くということになれば常にしもべらしく振舞っていればよいかということになるからである。

このような公僕精神に徹し過ぎるからこそ、消防庁から三八回も警告されていた世田ヶ谷の引揚者寮の大火も「予算がないから」という回答ですましては、新聞から〝予算がないから〟〝人手が足りないから〟という国民への回答はもっともな責任逃れとなり、場合によっては〝問答無用〟にも通ずる。」と攻撃されたり、或いはまた前科者の青年が警察の目をかすめてまんまと渡航証明を手に入れブラジルへ密航してしまった事件が起きても、警察は、「捜査カードが苗字だけで整理することになっているから、こんなことになるんであって、やり方に間違いは無かった云々」ですましてしまうという具合に絶対に責任を明かにしようとせず、ああ言えばこう、こう言えばああと、保身の弁護だけ言う傾向に陥るのではないかと思う。

いやしくもわれわれ公務員は住民のための仕事（サービス）をすることを信託されているものであり、それに要する経費は責任をもって税金として納めて貰う仕組みになっているのだという風に私は考えている。すなわち、最も早く、正しく、安くサービスすることに責任を持たねばならない。この意味で或程度勉強もするし、指導性も打出してよいと考えたいのである。公僕論の主唱者は理想的な民主国の域でのことを想定されてのこととしか考えられないものである。ここに税を繞るわれわれ公務員の欣持が生れるのではなかろうか。

（「税務時報」昭和三十年十二月号掲載）

狩猟者税餘話

Kさんは、林務課の狩猟免許の主任さんである。五十年輩でアルコールが好きらしく顔が赫い。事務の性質上、解猟間際には転手古舞される。免許申請にくる外人などを事前の証紙徴収のために一日十数回も税務課へ案内して来られるが、その演出がまた面白い。一人々々私共の前のドアのところまでつれて来て、アッチアッチと顎をしゃくっては狩猟者税係を指差される。係員が席に居なかったりすると、折角案内して来たのにと迚も機嫌が悪い。誠意がないということらしい。兎も角、仕事一筋の人である。ふだん、廊下であっても、こちらで声を掛けなければ気がつかない。私の所へも猟友会総会の出席要請とか狩猟者税の国税移管運動に対する税務課の意見聴収とかのほか見えたことがない。

このKさんが、県財政白書（十二月号）の発行されて間もない或日のこと私のもとへやって来られた。この白書で公表された狩猟者税の収入割合が何故九七・九％かという。仕事熱心なKさんは、白書を見て大分責任を感じられたらしくいささか興奮の趣きで語気も荒く証紙徴収は百％の筈だが何故かと言われる。これには一寸面喰った。

そこで私はおそらく旧法時代の普通徴収の分が時効にならず、未だ残っているのでしょう、おっしゃるとおり証紙徴収になってからは百％の筈ですがと決算書を調べながら昭和二十七年度から二十八年度への繰越が一九一、九〇六円（一一四件）、収入済額一二、六三六円（七件）、欠損額二三、七六〇円（二四件）で一五六、〇一〇円（八三件）が、また二十九年度へ繰越されます。これが一・一％に相当し、百％にならないのでしょうと言ったところが、ハアハア（不満そうに）、そんな不届者（滞納者）は誰ですか、何処にいるんですか？　ケシカラン、猟友会の風上にもおけない。一つその名簿を教えてください。私が見れば誰が何処に居るか、資力があるかないかすぐわかりますよ。猟友会というのは納税にも協力するということで補助も出ているという。

それは大変御親切なことだから、早急に徴収係の方にお願いしてみましょうと熱意に感謝し乍ら帰って貰った。

それで徴収係に話してみたが、徴税吏員でない者へは秘密であり個人々々の明細は公表できないというので一応事務所毎の未済額と件数を一表にしてKさんに届けた。

しばらくたってまたKさんが来た。今度は逆にKさんが甲県税事務所管内の全部の滞納者について、これは何処何処に身を寄せているとか、鉄砲を売渡して何県の何某方に落付いているとか等々……まことに詳細に調べあげたものを持って来て、甲県税事務所の方へは私の方から連絡しておきました……ところが昨日同じように乙県税事務所へ問い合わせたところが、「みんな執行停止にしたから駄目だ」という返事だったと言ってこれまた大分不満の様子。……そこで私は「執行停止」ということについて色々と説明してあげたが、甲県税事務所と乙県税事務所と扱いが違うのはおかしいですね？　というのである。……仕方がないから、私の方でよく調べてみましょうということで一応帰って貰った。

兎に角、自分の職務にこんなに責任を感じ、いわば、他人の分まで手助けしようという人は珍らしい。

私は他の税目についてもこんな具合に行かないものかとつくづく考えてみた。調定総額の二割に当る滞納繰越額の整理をどうするかという課題とともにある私の脳裏にふとして浮んで来たのである。

たとえば、個人や法人の事業等を対象とする商工部もあるし、また、それらの商工関係団体もあるように、県には殆どあらゆる税負担者に係る団体があり、助長行政部門と密接に連っているし、補助も出ている。このような庁内関係部局や関係団体が納税に協力して貰えないだろうか。「税は、とるべきところからとるもの、経費は使うべきところに使うものである。」と理解している。このことが本当に認識され両極が円滑に回転することが、行政に対する当然の要請でもあろう。

（「税」昭和三十一年一月号掲載）

税法と「朝令暮改」

時報のあとをふりかえってみても税法が朝令暮改であることを歎く意見は非常に多い。まったくこれは、現地だけでなく、われわれもまた手を焼く問題である。しかし、今回の公給領収証の廃止論（誤報）にいたっては、ついに国民の与論が許しそうもない。

去る二十四日の全国税務課長会議の席上、奥野税務部長は「税制の安定を強く望んでいる。しかもその方向は今度の事業税取上げのような、抽象的で国の立場からのみの改正の仕方であってはならない。地方税法は具体的に地方的にその実際の運用の上から序々に角（カド）がとれていって安定するという方向を辿らねばならない。」といわれたが、まったくそのとおりである。一時も早く安定して貫いたい、これがわれわれの願望である。

かつて「多数の政治」と苦言（政治と行政＝昭二九・七）を呈したことがあるので、多くを語りたくないが、最近の改正のありかたは角（カド）をとって玉石のように安定するどころか、かえって火星面のように凸凹にするものが多いのではないか、たとえば、事業税の税率や課税標準の特例、非課税範囲等である。

つづく噂によれば、今度もまた公衆浴場（事業税関係）スケート場、卓球場、貸船場（以上娯楽施設利用税関係）等が課税対象から外されるらしいということである。このような無定見というか便宜的な改正を「朝令暮改」というらしい。まあ、一番迷惑するのは国民一般であり、われわれであろう。

そして、この風潮を改めるのは国民の民主政治への見識の向上からくる健全な与論以外になさそうである。

ながながと説をといても興味がないから、「朝令暮改」を与論によって解説して貰うため、公給領収証をめぐる記事を若干生のまま（お蔭で長くなった。）で紹介してみたい。（三・一記）

（附記）

税にまつわる記事はとりわけ多い筈である。新聞など見る暇のない人、否、そんなに多くの目を通せない人や面倒で整理などできない人のために、月間に展げられた税に関する記事を要領よく（今度のは余り上手でないが）整理して、時報（一、二頁程度でよい）で届けることにしたらどうだろうか、これもそういう意味で読んでいただきたい。

◇記者の眼　七不思議の多い税金界（二・一二神奈川）
◇記　事　公給領収証廃止の意なし（二・一五日本経済）
◇余　録（二・一六毎日）
◇気　流　朝令暮改のハラ（二・一七読売）
◇社　説　朝三暮四と朝令暮改（二・一九神奈川）
◇官庁街　自治庁（二・二〇読売）

◇社　説　公給領収証制を続けよ（二・二一読売）
◇投　書　わからない公給領収証廃止（二・二三毎日）
◇編集手帳（二・二四読売）
◇風　政治家の節操（二・二四産経時事）
◇声　公給領収証の存続を（二・二五朝日）

記者の眼　七不思議の多い税金界（二・一二神奈川）

十一日の自民党総務会が「公給領収証」なんかやめちまった方がいいと決定、近く政調会で正式に取り上げて大蔵当局にかけあうという。実行に入るまえから、「そのうちにどうにかなりますよ」とウソブイていた業者のカンは正しく命中というわけだが、それにしても発行しだしたのが昨年の十一月で、業者も徴税屋さんも目下取り立てについての訓練中というフレコミなのだから、朝令暮改の見本市のようなものである。どだい出発のときから「税率を下げて徴税成績を上げる」という不思議な算術をやっていたとあってはマンジュウを売ってるお店のオカミや、マンボを踊るマダム連中の圧力の前に煙のごとく消えてなくなるのも当り前だが、さてさて七不思議の多い税金界でもある。

記事　公給領収証廃止の意なし　自治庁奥野部長が答弁（二・一五日経）

奥野自治庁税務部長は十四日午後の衆院地方行政委員会で遊興飲食税の公給領収制度等に関する北山愛郎（社・岩手）氏の質問に対し次のように答えた。

一　公給領収証制度は政府がすでに閣議決定した地方税法改正案の中でもこの制度を明確に規定している。自民党内の一部に廃止の動きもあると聞いているが、現在のところ政府部門には廃止する意向はない。

余録（二・一六毎日）

自民党はこの国会で飲食店の公給領収証制度を廃止する方針だという。昨年十一月実施後、まだ三月余りなのだから大いに驚かされた。朝令暮改という言葉は、まさにこのために作られた感じだ。昔から為政者の無定見に悩まされるのは、善良な人民ということにきまっている▲現行法ができたのは、とりたてのむずかしい遊興飲食税を何とか吸い上げようという目的だった。自治庁は政府原案に盛りこんだが、時の与党の民主党がこれを削り、参院が修正したのを、会期末のため衆院側もシブシブのんでしまったわけだ。そのいきさつからみれば、自民党が廃止するというのも、一応スジが通らないことはない▲だが公給領収証制度は、「不評だから」という理由だけでは気にくわない。昨年十一月の月間実績をみると、税率がかなり下げられたのに、高級料理店、貸席、カフエー、キャバレー、バーなどの遊興飲食税や芸者の花代などは、一昨年の十一月に比べて、かなり上回る徴税成績をあげた。逆に旅館や軽飲食店の納税額は減っているが、これは大衆のためには減税となり、高給人種や社用族には増税という課税の目的を達しているわけだろう。「不評」といっても、こういうプラスもあった。▲この制度が始められたとき、料飲業者やその従業員がハデな大会や陳情を行った。待合政治がつきものの保守党の議員諸公が、料亭に泣きつかれ、キャバレーでくどかれた姿が、目に見えるようだ。悪く勘ぐれば、この制度が発足した早々から「まあ、わずかの辛抱さ」と胸をたたいていたようにも受けとれる▲自治庁ではこの制度を恒久化するため、売掛代金に対する徴収猶予などの改正案を準備しているが、自民党は全廃という。そんなにやめたいのなら、最初から作らなかった方がよい。社用族が喜んでも国民には納得できない話である。

気流　朝令暮改のハラ（二・一七読売）

公給領収証が廃止されそうである。自民党でそう決定というからには近々表面化してそうなるに違いない。朝令暮改をそしるよりも、不思議でならないのは決定のときも廃止という今日も議員が変っている訳でないことである。選挙でもあって人が変ったのなら少しはわかるが、そうでもない。ただ業者の反対が多いからといって、今さら改めるのは納得がいかない。あの当時どんな猛烈な反対が行われたかはまだ国民の印象に生々しい。業者の反対はそれ以来一貫したものである。

そこでつまらない推測もしたくなる。反対運動に流れた以上の金が、必ず廃止のためにも流れるだろう、ということである。そこに参院選も近い。いたくもない腹をさぐられたくないなら李下に冠を正さざることである。（神奈川県・木間）

社説　朝三暮四と朝令暮改―一部省略―（二・一九神奈川）

―（略）―もっと大むかし、中国のさる賢人がサルを飼うのに、朝に三つ、夕方に四つのエサを与えていたところ、サルが不服そうなので、朝に四つ、夕方に三つ与えたら、結構それで満足したという話がある。以来このチョロマカシの手をたとえるのに朝三暮四ということわざが生れた。

―（略）―

朝三暮四と並んで朝令暮改という言葉がある。朝三暮四が政治の誤魔化し、ずるさを表わすとすれば、朝令暮改は政治の無定見、無能の同義語である。自民党の総務会はこのほど遊興飲食税徴収のための公給領収証を廃止する方針をきめた。これが実施されたのは昨年の十一月一日であるから、実施後わずかに三ヶ月余、朝令暮改といっても、これほど極端な例は珍らしい。この制度はとかく脱税や不公正の多い遊興飲食税の取り立てを少しでも法律通りにやろうという趣旨のもので、考え方自体は悪くはないが、準備も不足していたし、万事がお役所的な仕組みで実情に即さない面が少なくなかった。それに高給料飲業者関係はもちろん、公用族、社用族にとってきわめて不都合な制度なのでその筋の反対が強く業者筋では早くからこのことあるを予見してタカをくっていたようだ。この問題、高給料飲店などに縁のない薄給の勤労者には無関係のことだといってしまえばそれまでだが、その勤労所得税は源泉課税でビシビシ取り立てられるのに、他方では大口の脱税、抜け穴を公然と認めるような朝令暮改の政治が天下の大与党の手によって行われようとしていることを見逃してはなるまい。

官庁街　自治庁――（一部省略）――（二・二〇読売）

遊興飲食税の公給領収証制度はかなりの成績をあげているにもかかわらず、これを取りやめようという意見が自民党内部に起っている。その震源地は事もあろうに公給領収証制の法案を提出した当時の長官だったK氏だから事務当局が憤慨するのも無理はない。十七日の総務会でもこの話が出たところ同席した政務次官が「朝令暮改に過ぎる」といって取りやめに反対したところ、K氏は「〇君、そんなことをいうようでは君もまだ属僚だね」と毒のある皮肉を浴びせたという。

それほど反対の公給領収証なら自分が大臣のとき押えればよかったのに、大臣をやめたとたんにケチをつけるのでは政治家としての節操を疑いたくもなるというのが関係者の言い分である。事は業界のしつような工作と関係あるだけに事務当局ではこうした動きを極度に警戒している。

社説　公給領収証制を続けよ―（一部省略）―（二・二一読売）

昨年の十一月から、遊興飲食の場合に、業者が客に対し公給の領収証を渡すことになり、現に実行されている。

―（略）―ところがこの制度が出来るまで、一部業者の反対は非常に強かった。これが政党方面にも反映したとみえ施行後わずか数ヶ月しかたたない今日、廃止論が自民党の大勢を占めるようなことになれば、政党政治にとってマイナスであって、われわれは政党の良識を疑わないわけにゆくまい。

―（略）―ではこの制度は改善だったのか改悪だったのか。税率を下げ、まともに税法通り徴収するために、画期的なやり方を考えたのだから、制度としては改善にちがいない。では実績はどうかといえば、―（略）―最初の一ヶ月としてみると、結果は思ったよりよかった。大衆飲食店の税を軽くし、高給料理店、キャバレー等の利用者から税金を納めてもらうという、この制度の目的は、長く続ける間に達成できそうだ。会社の経理が縮まったという見方もある。

なんにしても、結果が判明しないうちに、この制度を廃止するのは、筋が通らない。一部業者の脱税を助けるためだと非難されても、致し方なかろう。必要なのは廃止ではなく、いかにして合理化するかという点にあるはずだ。客から代金がすぐとれない場合には、三ヶ月間納入を延期したり、貸倒れになった場合には、正当の理由があれば、払った税金を返すという改正案がこの国会に提案されている。これなどは制度の不備を直すもので、真面目な業者の要求をいれた改正案である。

脱税が少なくなれば、将来、税率を下げるのも困難ではない。どう考えても、この制度の廃止は時期尚早だ。

投書　わからない公給領収証廃止（二・二二毎日）

◇公給領収証が施行後わずか三ヶ月で、廃止すると自民党総務会できめたという。なにか特別の理由がありそうである。国民がこの国の法律は、安もののオモチャ程度だと思うように習慣づけられては大変である。法律の改廃はあくまで慎重にやってほしい。いやしくも党利党略、私利私欲を思わせるようなことがあってはならないと思う（杉並区・白野三郎）。

◇公給領収証制度が、できるときのあの花々しい反対運動は国民の脳裏になまなましい。公給領収証のどこが悪いというのか。受取る方としては荷物になるわけではなし、かえって気持がいい。悪いことといえば脱税ができないことだろう。公給領収証で業者がたたないのなら、むしろ税制を検討すべきである。正当に仕事して赤字になるようなら、税制が悪いのであって、公給領収書が悪いのではない。本末転倒しないようにしてもらいたい（神奈川県・橋本生）。

編集手帳──（一部省略）──（二・二四読売）

どうもちかごろの日本の政治は二千百年も昔のシナに逆もどりしたような感じがする。すなわち「朝令暮改」時代を再現して、正直な庶民を戸惑いさせている。◇先秦時代の政治批評家の〈ちょうさく〉が「急政暴虐、賦歛不時、朝令而暮改」（政治が乱暴で重い税金を勝手にとりあげ、朝出した法律を夕方には改悪する）といって、結局死刑になったのが二千百年前だ。◇大は憲法改正から小は公給領収証まで、このところ、日本の政治は「占領政策の朝」の法律を「独立の夕べ」に改廃することにいそがしい。しかも、いまそれらの「朝令」を「暮改」しようとする政治家たちは「朝令」時代に何といったかはとんと忘れているようだ。

風　政治家の節操（二・二四産経時事）

▼遊興飲食税の公給領収証制度撤廃論がもう擡頭していると伝えられ、こともあろうに震源地がこの法案をかつて提出した自民党の連中だというから聞いてあきれる。元長官がお先棒をかつ

いでいると報ぜられているが、真実であろうか。
▼確かにこの制度には運営上欠点が多い。然し相当の成績をあげている事も事実である。朝令暮改は政治の堕落であり政治家の腐敗である。余りにも定見と権威と節操がなさすぎる。
▼もしも、これが参議院選挙目当ての政治家の手であり業者の実弾工作の結果だとするならば、われわれ国民は今日の政治の本質をもう一度裏がえして考えてみなければならない。
▼ちかごろ食糧庁、粉ミルク、学校図書館法、大蔵省印刷局、都営競艇場設置など汚職全盛の兆がみえる。公給領収証制取止め論に対しても大衆の批判は厳しいものがある。自民党の弁明と善処を望む。(埼玉・吉見・工業)

声　公給領収証の存続を（二・二五朝日）

◇去る十一日の自民党総務会で公給領収証制度の全廃がなされ、また自治庁としても、一部改正を起案していたがこれが全面撤廃ときまったという。自分は、この税の特別徴収義務者として、この領収証制は決して悪いものでなく内容も、改正すべき点はあるとしても、立案者に敬意を表したいぐらいである。
◇この制度のできる前の遊興飲食税は、はなはだしい不公平と不均衡とがあって、地方税の中で悪税の先頭をゆくものと信じていた。それが今回の制度によって、デコボコが、ある程度是正されて、正直ものが損をしなくなったことだけでも、明るい気分にひたれるものである。徴収成績をみても、全般的な成績は上っている。記帳法としても、なれれば何のことはない。ただ大衆を相手とする飲食店の免税点なり、税率は、一考すべきだと思う。

◇自分としては、客が旅館以外の料理屋、待合、キャバレーなどで支出した金を、旅館の宿泊料や酒、料理等に水増しして書かせていた不正な行為が、この制度で、ほとんど封じられている現在、社用族、公用族の悪への転落を防止する意味においても、ぜひ存続する必要があると痛感する。法案成立後、わずか四ヶ月、結果も見極めないで廃止する自民党総務会の態度は、表面で、うまいことをいいながら、後から手を出してワイロをもらう漫画が想像されて仕方がない。（長野・菅井・旅館業）

（「税務時報」昭和三十一年二月号掲載）

思いがけない成果を――各県税事務所の監督者研修を終って――

―実施の動機―

たまたま昨年八月三日から二十五日迄（正味十三日間）、会議式監督者研修の指導者養成の研修を受け、九月五日その認定書の交付を受けて以来われわれ各部局代表一五人のグループは当時本紙（九月一日号）に発表したとおり、毎月研究例会を開いて来たが、それによると各自それぞれ活動しておられ、自分だけが取り残されて申し訳なく思われ、何とかしてあの体験を採り入れる方法はないかと考えていたところ、研修室でも来年度は是非それぞれの部局で採り入れ具体化させたい意向とのことを聞いて益々ジットしておられなくなり、十二月中旬計画を樹て、上司からも決済を戴き開催通知を出した次第である。今から考えればその間僅か三、四日のことで随分無茶をしたものだと思う。というのは、われわれの時は人事院の人が四人で分担してやってくれたのに、果して自分一人で十三会議二十六時間（五日間）を通して指導できるだろうかという焦慮感に苦しみながら馬車馬的に準備に努めた。

—実施して見て—

いよいよ初日の十六日、第一会議から始めてみると最初の開講式やら自己紹介に案外時間がかかり小一時間もはみだしてしまった。以後その日はこの一時間を取り返す『あせり』と初めてという『不慣れ』から大変困った。でも、二日目からは全く順調で一応予定通り二十一日に終了することができた。此の間、私が初めてであるばかりかこの研修の直接の主催者（税務関係の研修は企画係担当）でもあった関係から参加者にたいして不行届の点もあったのであるが幸い参加者には期間中一人の欠席者も一時間の早退者も一分の遅刻者もなく（忙しいとか、遠いからとか言っても、やろうと思えば出来るものだということ、これだけでも大きな成果であったと思う。）文字通りピッタリと合った呼吸気合のもと活発な発言により最初にしては思いがけない充分な成果をあげ得たことは本当に嬉しい。顧みれば、昨年十二月以来正月も忘れ殆んどその準備に努めつつも絶ち得なかった『果してうまくいくか？』という危惧からの解放感と、指導者認定に対する一分の報いが果せたという満足感、何ともいえないものを覚えつつ、一同和気あいあいのうちに石井研修室長、酒井文化課長、小野研修係長、税務課水島係長等をお迎えし最後の催しである座談会に入ったわけであるが、先ず

石井　これからの研修は『自分達が自分自身で考え語り合う方向に進むべきだ』という挨拶があり、ついで

――会議式研修を受けた感想――

山本　かねて考えたり思っていたことが体系づけられたようだ。

小野　今まで随分遠回りなことをしていたことに気づいた。

神保　税務に入って日が浅いので『ヤアー』と言えるような人がなかったが、ここへ来てお互いに『ヤアー』と言えるようになった。次に出先きはとかく視野が狭くなるいわゆる世間知らずになるおそれがある。これは是非こういう研修で補ってほしい。また、人間は『伸び伸び』とした環境が必要だということをつくづく感じた。がつがつした雰囲気では決していい仕事も人材も生れないと思う。

真板　永年、庶務、人事をやっていていろいろと悩みを持っていたが、これで前途に光明を見出したようである。

小関　職場では、つい一方的になり易いものだ。ここで始めて、デモクラシイの良い点を第一歩から再認識したような気がする。

―皆さんの職場でも実施できるか―

神保　直ぐには無理である。とりあえず、所長、課長、係長によく知らせて、序々にこの方向に持って参りたい。

中島　県税では仕事の性質や時間に限りがあり、独自でこのままそっくり実行するのは困難だと思うが、本課で是非さらに広く推進して戴きたい。

大西　地方事務所では何かにつけ税務は違った目で見られ勝ちだが、自分はまず税務課から始めて行きたい。

（詳細割愛）

以下、本当に県民にサービスし、県のために貢献しているのは第一線ではないだろうか、とその重要性を認め

昭和三十年度監督者研修参加者名簿

所名	氏名
横浜	神保嘉雄
神奈川	土屋英夫
鶴見	小野和男
南	芳賀貫一
保土ケ谷	中島俊雄
川崎	須藤信夫
横須賀	山本林蔵
藤沢	竹本興一
三浦	加藤実
逗子	市川八郎
相模原	真板浩
中	小関寿一郎
足柄上	大西知治
足柄下	永峰義秋
高座愛甲	村山富之助
津久井	江島豊二

つつそこで働く職員の教養の向上知識の体得研修の必要性はまことに大きいことが強調された。けれども現実は本庁と出先きとのアンバランスが目立つ。将来はこの姿を再検討して人事や研修（特に一般教養）の面でも考慮して貰いたいという空気が支配的な中に研修室長、小野係長からもいろいろと具体的な意見発表があり、酒井文化課長からは、一体文化とは？　教養とは？　どういうものかについて体験からする明快なる回答があり、短時間ながら有意義に終ったのである。

むすび

このように、今俄かに各かいにおいては初めての会議式研修の成果を判断することは出来ないが、一応、生々しいところを発表して参考に供するわけである。

また、参加者の「感想」は文章にして私共の方で編集している税務時報で発表して貰うことになっており、将来も一ヶ月か二ヶ月に一度研究会を開いて更に永くこの研修の実をあげることにしたい。

（「教養月報」昭和三十一年二月一日号掲載）

本末てん倒

用足しに行くと、(この頃は余り無くなったが、前は只今掃除中という札が掛かっていた) よく掃除中の場合がある。三階へ行っても、五階へ行ってもやはり掃除中であったりして、結局ぐるぐる廻ってとんでもない所へ行ってしまうことが良くある。同じように、廊下や階段を大掃除しているのにちょいちょい出合う。中にはみがき粉でみがいたり雑巾掛けまでしているのを見る場合がある。まあ、県庁の美化はまことに結構であり気持ちよいことだが、余りの馬鹿丁寧さは、ついぞ、「便所や廊下が用を足し、歩行するためにある」ことを忘れたのかという気になる。「本末てん倒」かなと思う。

県庁の小使さん達は、実に良く働く、正面階段を担当する一人など毎朝誰彼となく、「お早うございます」と声を掛ける。とにかくおしゃべりする時もあろうが、男女とも一生懸命やっているし、彼等を責める気は毛頭ない。

こんなに綺麗にして下さるのなら、一寸位、用足しも我慢するし、履物も綺麗にしたいのは山々である。

しかし、一方では、ソバ屋の小僧がサンダルをズルッコヅルッコ引きずって歩いたり、印刷屋の少年が口笛吹いてガタガタ車を押し歩いたり、一歩地下へ降りようものなら、全く足の踏み場もない日用品市場顔負けの雑然さではどうにも遺憾でならない。

私が始めて役所へ入った時、某上司に「庁内を公園か何かと間違うなア」と言われたことを未だに忘れないが、時代は変ったとしても、やはり、県庁の中は公園や散歩道とは違うと思う。それ相当の品位を保っておいて良いと思う。

だから、こんなに綺麗にするなら、何故、小僧連中の下駄履きをことわらないかと言いたいのである。余りにも対照的である。未だに、田舎から出てくる村長さんや議員さんさえオヅオヅ歩いているのを見掛けるではないか。

最近、軽油引取税のことで石油会社を廻ってびっくりした。門前に行くと、守衛が一杯居て、面会表を書かせたり犬の鑑札のような通門章を付けさしたり、マッチやライターを出して行けと言われたり、仲々厳重な取締りの上通してくれた（これも二回目、自動車で行った時は全然違う扱いを受けたが）。このように、それぞれの社会はそれなりに最も適当な手段を講じているのである。


美化するなら美化することに徹したら良い、節約するなら節約することに徹したら良いと思う。われわれの社会は色々な人が形成しているのだから、そう簡単に行くものではあるまいが、成るべく、県庁なら県庁から、課内なら課内から、家庭なら家庭から、良いと思うことは一日も早く果敢に実行して行くべきだと思う。「思いつきで、人並みで」というのが役人の悪い癖である。みんなが自分、自分の周囲から改めて行かねば何時までたっても良い社会はできないし、よその国に笑われそうでならない。ラジオを聞いても新聞を見ても、気持の晴々するニュースはちっとも無いではないか、せめてわれわれの周囲からでも小なれば小なりに、貧なれば貧なりに筋を通してみたいものだと思う。

行政の総合調整ということがよく呼ばれている。総合性の欠如ということが役所仕事の最大の欠陥だというのである。

たとえば、折角、土木屋が道を舗装してくれてやれやれと思った途端、電気屋や瓦斯屋や水道やが掘りかえして行ったり、折角、道は拡がったが橋は依然として丸太棒だったり、最も近距離を行こうとする群集心理を無視して、わざわざ横っちょに横断歩道を引いて無理に歩かせようとしたり、節約、節約と言いながら、おひざもとから色々繁さにして内部事務を増やしてみたり等々である。

このように、成る程その一つ一つを取ってみる場合は結構なことでも、全体として見る場合、住民へのサービス効果はゼロというのが極めて多い。これらの役所の欠陥は大規模な役所であればある程避けられないこともあろうが、本末をてん倒せず、自分の身の周囲から健全な常識と確固たる信念に基づいて、それぞれの分野に積極的に一貫した施策を進めるならば、相当改善できることではなかろうかと思う。「鶏頭となるも牛尾となるなかれ」ということがあるが、とにかく、信念と筋を通したいものである。

（「税務時報」昭和三十一年六月号掲載）

税務職員から——庶務係へお願い——

税の財政上の地位は、財政逼迫の進むにつれ、自づと再認識されつつあり、また学問的定義等については、つとに理解されているところであろうが、どうも最も基本的常識的な税の見方というものが等閑に付されているようでならない。すなわち、税は法令を唯一の基盤とし、いわば法令によって組立てられたそれ自体だと言ってもいい過ぎないほど極めて弾力性に乏しいものだと言える外、税は『とるべきところから、公正に戴くもの』、行政は『施すべきところに効果的に施すもの』というように割切って考えるのが妥当のようである。

十一月一日から、全国一斉に最も厄介な税の一つ遊興飲食税に公給領収証明が実施せられることになり、県下でもいろいろな話題を呼んでいる。

これは、従来ややもすれば乱れ勝ちであった遊興飲食税秩序を建て直し、府県税としての面目を保とうとするものである。そこで私共としては業者に対してはもちろん、遊興飲食税の大口消費者たる大会社官公庁に対してその交際費、食糧費の支出に当り特別の協力を願うよう努めて周知しているところである。

一方、この領収証制は庁内特に各部課庶務関係者に異常な反響を呼びいろいろな問合せが参っているが、それぞれ非常に手を焼いておられるようである。中でも
(一) 支出伺額と精算額と異なる場合の処置
(二) 支出の明細を表面化したくない場合の処置
(三) 遊興飲食行為人員数に係る問題
(四) 右に伴う単価に係る問題
(五) その他、花代、チップ、車代、立替金等の問題
をめぐり、今までのような弾力性のある扱いをする余地が無くなったというところにあるようである。

しかし、だからといって慣れあいの領収証を頼むようなことがあっては業者をして『県庁さんがこうだから』という口実を与えることになると同時に、われわれ税務職員の調査、検査の著し

い支障々害ともなるものであるから、この際、庁内あげて新制度の施行に協力して戴きたい。

新年をむかえ、愈々新生活運動が一つ国民的運動に迄発展して来たようだが、一体どうすればよいか、幾ら考えても政治の浄化ということが先に反映してしまってなかなか良い考えが出て来ない。結局、抽象的ではあるが国民全般の『心構えの切替え』ということにもなりそうである。

官公庁は住民によって立つサービス機関であり、そのありていを国民から遮蔽するわけにいかない。われわれは常に国民の中に根を下していなければならない……と思ってくると、どうもこの運動は税金と結びつけて考えることが最も現実的で早道のようだ。県税は県財政の約五〇％前後であるが、われわれが使うところの国からの交付金にしても負担金補助金にしても、すべて国民の懐から出る税金に外ならないのであるから、常に金の使途が、国民の信託にかなうものかどうかを念頭におきつつ仕事をしてゆくことが、即ち官公庁の新生活となるのではなかろうか。いささか我田引水めいたことになってしまったが、税をめぐる一種特別な緊張にみちた雰囲気の中で、コツコツと働き蜂の役目を営む税務職員の一つの見方として御容赦願いたい。

（「教養月報」昭和三十一年十一月号掲載）

吏員昇任試験採点寸評

一、問題の作成

九月十九日試験問題の作成及び事務局長が必要と認めた答案の採点にあたるということで専門試験委員を命ぜられ、二十二日第一回の打合わせがあり十月十日迄に試験問題を作成して欲しいとの誤託宣を戴いた。

そこで、早速、私共が担当する専門試験のうち、税法、国税徴収法、所得税法、法人税法、県税条例等税関系と行政法、、自治法、公務員法その他一般的知識関係とをどういう具合に分担するか？　について人事委員会当局と協議の結果、専門試験三〇〇点のうち税関係五五％一六五点、その他一般四五％一三五点計三〇〇点ということに決定した。

さて、課長と相談の結果、出来るだけやさしく、かたよらず、合理的な問題を作成しようという方針で作成することに決定した。

爾来、機密保持のため早朝をえらんで数題ずつコツコツと作り上げ、ほとんどハンドブックから選んだ。その態容を分類してみると、

1　事務内容別分類

区分		内容	題数	小計	配点
択一式	賦課関係	個人県民税、不動産取得税、個人事業税、自動車税、総則、軽油引取税	各1題　計6題	17　題	61　点
		所得税法、娯楽施設利用税、遊興飲食税、法人事業税	各2題　計8題		
		法人税	3題		
	徴収関係	公売、収納	各4題　計8題	13　題	59　点
		徴収	3題		
		差押	2題		
記述式		総則	2題	3題	45点
		その他	1題		
合計			33題		165点

2　問題型式別分類

択一式	正誤	7題	34点
	完成	8〃	35〃
	択一	7〃	14〃
	組合	8〃	37〃
記述式		3〃	45〃
合計		33〃	165〃

二、答案の採点

十一月三日試験が終り、七日午後突如答案が届けられ、税務は多くて恐縮だけど何とか九日朝までに採点して欲しいとのこと早速、機密裏に審査に入ったが、何せ前述のとおり種々様々三三題に及び、しかもその配点が、二点、四点、五点、六点、一五点とそれぞれ異る（こういう場合、問題の末尾に配点を付記したら、受験者、採点者とも便利であり、今後は改めて貰うように申し入れたい。）のと答案用紙が簿冊になっているので集計に間違いないようにと一答案三回乃至四回検算集計するという慎重さに、七日は夜中迄かかってもやっと四分の一、八日は早朝に起き、昼食もそこそこに夜の十時に漸く終ることができてほっとした。

試験を受けたことは数知れずあるが採点も容易でないことを痛感した。

応募者一七五名のうち受験者一六七名を採点の結果、三三題（三七番から六九番）一六五点満点のうち最高一五五点（一〇〇点満点換算九三・九点）、最低五二点（換算三一・五点）平均一〇八・八点（換算六六・六点）で一四〇点（換算八四・八点）以上一三人、六〇点（換算三六・三点）以下五人という結果で全体としては良い成績であったと思う。

しかし、各部門毎に分析してみると

1　記述が案外悪かった

実は記述三題は、相当緩和点がやれるように四五点を配したし、さらに、六七番の条例と規則との関係、六八番の時効等については十月三十日、三十一日の研修の際自治法に関連して一応話しておいた外ハンドブック（3）の用語欄にも掲載されていたし、また、六九番減免については税務時報（二月号、第四八号）に私の名で問題点を解説したことがあるにも拘らず、白紙の零点が五件あり平均点一八・六四は期待外れであった。また減免と異議申立、或いは非課税と混同しているものも大分見受けられた。

2　特に悪かったもの

特に目立って成績の悪かったものは、

三八　自動車税の課税台数を二〇万、一五万、一〇万、五万、一万台から択一する問題（択一法）

――実績五〇、八〇一台
四二　法人事業税の税収入額（三〇年）を八〇億、六〇億、四〇億、二〇億、一〇億から択一する問題（択一法）――実績三六九、八五七万円
四七　租税特別措置が撤廃されると、法人税は数百億の増収になるか減収になるか（正誤法）――新聞記事
四九　公売広告要件事項五項目の内に一項目（知事の名）誤りを発見させる問題（正誤法――ハンドブック）（1）七〇頁五行目
五〇　滞納処分費には徴税吏員の俸給、旅費事務費を含むか否か（正誤法）――ハンドブック（1）八〇頁七行目
五一　たな卸資産評価法の先入先出法、後入先出法がインフレ時、デフレ時に納税者に与える影響に関する問題（組合法）
五五　不申告加算金、延滞加算金、重加算金、過少申告加算金、延滞金と率とを組合わせる問題（組合法）――法規集
五九　個人事業税における自主決定のもの四つを示し、後一つ代表的なもの「控除失格者」を書き入れさせる問題（完成法）――ハンドブック（3）九一頁八行目
六四　動産差押えの手順五つを物件選定から差押調書迄順位を付させる問題（完成法）――ハンド

ブック（1）七頁五八頁
六五　満納処分した場合の先取順位に係る問題（完成法）―ハンドブック（1）八五頁八行目
等であったが、このうち、たな卸資産評価の五一を除いて左程むずかしいとは思わなかったのに結果は芳しくなかった。中でも、問題三八、四九、五一、五九の四題が悪かったのは遺憾だった。

3　特に良かったもの

みんなが良く出来たものをあげると
三七　徴税吏員は誰の委任を受けているかを出納長、知事、所長、税務課長、出納員から択一する問題（択一法）―税法一、条例二
三九　旅館の宿泊の場合の公給領収証発行免除の額を、一〇〇円、一五〇円、二〇〇円、三〇〇円、五〇〇円から択一する問題（択一法）―条例五三
四〇　芸者の花代に対する税率を一〇〇％、三〇％、一五％、一〇％、五％から択一する問題（択一法）―条例四七
四一　法人事業税の申告納付期限を、翌月一五日迄、〃一〇日以内、〃四五日以内、〃二月以内、〃六月以内から択一する問題（択一法）―税法七二―二五
四三　我国の会計年度を4／1～3／31、6／1～5／31、7／1～6／30、1／1～12／31、

4／1～9／30から択一する問題（択一法）―常識

五六　差押財産売却後の権利移転手続き（三種）を組合わせる問題（組合法）―ハンドブック（1）七八頁

五七　歳入の所属年度区分二種を組合わせる問題（組合法）―ハンドブック（2）一二三頁

等であった、中でも特に問題四〇、四三は殆どみんな出来ていた。

4　特に感心したもの

分割納付（入）の場合の端数計算について、徴収額を記入する問題（完成法）……ハンドブック（2）九八頁

第一回分納時一二七円……徴収額、一二〇円

第二回　〃　八五円　　〃　　八〇円

第三回　〃　四三円　　〃　（　　円）

計　　　二五五円　　〃　（　　円）

は大体良く出来ていたのには感心した。

三、感想

以上、公開できる範囲で発表してみたが、次頁に北島君も述べているように、先ず、試験は受験者、試験官双方にとって招かれざる客であると思った。

しかし、受験者諸君は、ここ二、三年無かった吏員昇任試験であってみれば絶好の機会であった筈であり、皆快心の努力をされたことと思う。

試験がむずかしかったかどうかは、読者の公正な判断に待つとして、一言今後の参考に望みたいことは、

第一に、吏員としての資格試験であるからもっと大所高所から物を見る目を養成して戴きたいことである。たとえば、自動車課税台数の如きは、殆ど連日交通地獄に関連してラジオや新聞に出る事項だし、常に自分の所が税収上の県下一六箇所中占める地位位は凡そ把握しておいて戴きたい。法人事業税の問題でも、本県の税収入が県財政収入の約半分の八〇億で法人はその約半分の四〇億であることは、数学は若干変っても、半分、半分のまた半分という割合はここ当分変らない筈である。

第二に、常に言うことだが研修における講師の話やハンドブック、税務時報等は、よく聞き、よく読むことである。親が子を叱るようなことは言わない。もっと人の意見に寛大であれ、耳を傾けよ、尊重せよと言いたい、決して無駄はない何かプラスする筈である。これは、遠く民主々義の理念にも合致する法則なのだ。

さきにも述べたが、記述の三題は、私の話を聞いていた受験者諸君なら少くとも三〇点は獲れた筈だ、白紙が五人あったとは受験者諸君にも増して僕の方が未練に思われて仲々筆が置けない

のである。来年は二度とこの過を繰り返さぬようにお願いする。

（「税務時報」昭和三十一年十一月号掲載）

税務時報編集の方向

早いもので、私どもの税務時報が誕生して五年三月、今月で第六十三号を迎え、また私が税務へ来てこの小冊子にまみえてからでも早や丸三年になります。

この時報を毎月毎月編集するにあたりまして常に考えますことは先ず

第一に、読まれる本

でなければならないということであります。いかに高邁なアイデアや権威のある論説や記事をもりましても、それが読者から遊離し見向かれないものであっては、それは単なる白紙と同じでありましょう。そこで、私どもは、先ずみんなに親しまれ読まれる本にしたいと心掛けております。

そして

第二に、みんなの本

でなければならないということであります。読者に身近かなテーマで身近かな者が書いたものということになりましょう。そこで、なるべく多数の階層の人々が、できれば八五〇人全部が一言一句でも発表して貰うということです。〃黙っている人に、意見がないのではない〃と同じように、人は様々各種各様の意見を持っているわけで、それらをお互いに発表し合い取捨選択し合う交換の場として時報が利用されることを期待するわけであります。私どもが特定の人よりも成るべく新人の意見を期待するのはそこにあるのです。

また、時報が屡々特定のテーマを掲げ、あるいはそうでなく皆さんの中から抽出的に記述を指名し依頼するのは、皆さんから自発的投稿の不足を補うためのほかに、新しい意見を求めるとともに、書くことの経験を踏んで戴くこと、書くことによりその文章により一層愛着を覚え読んで戴けるという一石三鳥をねらった企画でありました。諸刊行物の中でも屈指の特長となっております。

最近は、新聞や雑誌等もこれに類した読者のページが相当拡げられつつあることもお気付きでしょうが、研修教養誌の時報としてはさらに積極的に指名寄稿制を採用して来たわけであります。

〃書きますわよ〃という流行語が生まれましたように、民主的世間ではすべての部門がみんなのもの、みんなのための、みんなの手により成り立つことによってレベルが向上することを著述の面でも物語っているわけです。

第三に、相応の品位のある本

でなければならないということであります。いかによく読まれ愛好されましょうとも、二頁約八十銭の費用を掛け、神奈川県が発行する以上、売らんかな本位の商業紙や娯楽紙のようにどうでもよいわけには参りません。また、いかに多数の皆さんの意見を収録したからといって、極端に区々バラバラで、他をまどわすようなものであっては研修教養の糧にならないことになるし、大府県神奈川の税務職員機関誌に相応したところの自治庁へ行こうと他県へ行こうと恥かしくない日本的なものであって欲しいでしょう。

大体、ごく簡単にいって以上のような点に立って編集をつづけて参りましたが、今後はさらに年度の変り目でもありますし、色々と上司の指示もえて次のようなことを採用して参りたいと思っています。

1 読むだけでなく見る面を入れたい、これはすでに白井氏の御努力でゼイ六主事が相当活躍しておりますし、時報の表紙の図案や色も民さんの作でありますし、また、俳句も相当継続していますし皆無ではなかったのですが、さらに写真や絵画、花道の同好者の協力を得て、四季と場所とに感覚を合わせた写材を求めて参りたい。

2 所長プロフイルや巻頭言も相当継続し、そろそろ種子切れに近づきましたので、近くこれに類した各所紹介か業務紹介とを採用したらと思っています。

3 座談会形式もできるだけ入れたい、これには適当な速記者が必要ですし仲々容易ではありませんが、年間寄稿者の座談会や、優良表彰職員の座談会等を計画中であります。

4　このほか各所のスポーツ、対抗試合の模様等をニュースとして交換したい。その前提としてソフトの対抗試合とか囲碁大会とか等親善試合を奨励していくことも先決だと考えております。

5　実力テスト、懸賞論文はさらにつづけて参りたい。

要は前にも述べましたように、皆さんのものとして皆さんの手で成長さして行くには皆さんの大きな協力が必要であるわけでありますので、どしどし意見発表の稿をお寄せ願いたいと思います。

なお、原稿の締切は毎月五日までとなっていますが、これも大体その前後分も採用しております。

（「税務時報」昭和三十二年五月号掲載）

歌集〝小流〟を読んで

川崎の杉本さんが歌集〝小流〟を出された。

「何か残ることをして置きなさいよ」と言うことは良く教えられたし、自分もそう願望しているのである。しかし、あと三年で恩給がつくという年になっても何一つできていない。まして独力でこんなに立派な歌集を出されたことに心から敬意を表したい。

早速一冊読ましていただいたのである。

私など九州のはじ鹿児島に育ちひとえにかたくなな戦時教育を受け、日々こうしてかた苦しい仕事に追われ、風流なものを解することのできない田舎武士にも等しい者に本当の良さはわかるまいと思ったが、私はすすんで読ましていただいた。

かつて、国立近代美術館で非写実絵画展の抽象芸術と幻想芸術について館長からお話を聞いたことがある。その時の言葉で「芸術に接したならば自分は素人だからわからないのだときめつけないで、その作品の作者は何物かを訴えているのであるから、その作品が何を訴えているかをつぶさにわかるまでたたずみ、凝視することだ、そしたら何かがわかるものだ」といわれたことを忘れない。以来、無骨者の私はなるほど声なき声に耳を傾けるというか、それぞれ立場を異にする他人の作品（もの）に深い関心と尊敬を払うようになったのである。そしてこれは単に芸術だけでなく人間社会の民主的な約束ごとではないかと感じているのである。

大分横道へそれてしまったが、こうして毎月時報などやっていても、地位の高低や学の有無、老若男女を問わず、人間は何かを訴えている。その訴えの内容は平等に尊いものであると同時にわれわれの仲間であることからくる親近感というものが読ませようと魅きつけるのである。

ですから今〝小流〟を読んで私をとらえた最も大きな綱はあの杉本さんが自分に呼びかけてい

るんだという綱だったのである。かくして、私の鈍感な琴線を揺り動かしたものを並べてみます。

正月も貧しく過ぎし少年の日よはるかにて記憶とどめず

甲板に剃りあと清きまどろすがひとり見ている黄なる人種を

あどけなき子らの寝顔を見てあればながくながく時を生きたし

子等の世のたちまちにしておとづれむ君狭き場を固執するなかれ

うつうつとあしたの笛のひびきつつ路上にながき影あゆみ去る

平安と誰か言ふならむ蔓薔薇の幾百の花に雨降りそそぐ

幾つも幾つも書類に印を捺しをりて果無き吾れの職を意識す

石載する焼けしとたんの低き屋根ああ十年は堪へて過ぎたり

搬び来し書類を置きて少年は無心に指を鳴らしつつ去る

税吏ゆゑ若き部下らも罵らるいまの世相と思へど晦し

とんぐう南方五十粁地点とのみたしかむるすべなきわが兄の骨

一身に罪負へるごと褐色の軍服いまも着て道に乞ふ

美しき未来が待つと信じたし稚き子らの冬朱き頬

電柱のてっぺんにゐて仕事する工夫は神を信じぬごとし

長の子を叱ればともに涙するその妹も吾が叱りとばす

作夜、滅多にこんな本を読まない私が、何時になく夢中で読んでいると「素的なのを読んでいるわね」と覗かれ、今朝も早くからボオドレルの抒情詩や高山氏の「紙漉の歌」など勢一杯の持ち物をひろげてこの稿を記していると「どうして詩など読む気になったの」と冷かされ、「短い文句で人の心に喰い入るものがあるね」と笑いつつ「貴女も読んどきなさいよ」と出て来たのである。私の見方はこの程度……

とにかく私たちの先輩がこのようなものを残されたのであるから、それぞれの立場から一読して戴きたい。

風流なものに乏しい書棚にこの書が一つ加えられたことが、特に誇りでもあり、嬉しい限りである。

（「税務時報」昭和三十二年六月号掲載）

図書室から研究室へ

屋上に新しい立派な図書室ができた。静かに読書を楽しむ人の数も、かつて私が研修室にいた頃とくらべて三倍近くもあるようで、それだけ本も棚も増えて格段の充実振りである。

でも、さらに希望がある。現在のような教養娯楽的なものから一歩進んで、県行政に関する刊行物意見集、報告書等……これは現在企画広報課専門委員室が保管しているが……集中化した方がよい……を一切備えて欲しいこと、また、能率論、管理論、オペレーション・リサーチに関する専門書や、サイバネック等の自然科学書などを備えて戴いて、時間中も閲覧研究できるような研究室を兼ねたものとしてほしい。

近時、研修の徹底はまことに目覚しいものがあるが、残念なことにこれほどの組織体に研究機関一つないというのはどうしたことだろうか。もう職員からなる（独自の）研究機関……委託学者による間接研究ではなく……もあって欲しいし、にわかにそこまでいかなくとも、とかくマンネリズム化、ルーテイン化し勝ちなわれわれ一般職員の心の奥底に潜んでいる研究意欲をかきたてることに役立てて欲しい。そうなれば、常時、一、二名の図書整理職員も必要となり、現在の如き休憩なしの図書整理作業の無理も軽減され、一段と充実した図書室がわれわれの身近かに生まれることになろうし、県職員文化の殿堂ともすることができよう。

さらに一歩進んで、外局としての研究所として相当数の研究員をおき、たとえば

(一) 県民世論の研究
(二) 事務改善合理化の研究
(三) 総合開発の研究
(四) 府県制の研究

（五）災害対策の研究
（六）県に関する刑事、司法事件の処理研究
（七）その他知事の特命研究

等を主管部局と密接な連絡を保ちつつ研究、答申をして、自主的にして、より積極的な県施策の推進に寄与させ、若い職員の意見が県政に反映することにしたらどうだろうか。

（「教養月報」昭和三十四年二月一日号掲載）

思うままに苦言を　自治の守護者養成の殿堂に

自治大学校の狙いは？

在校したのが昭和二十八年十月から翌三月迄の第一期だから丁度六年前になる。その後毎期校友を送り迎えしているが、学校の様子も相当変って来た様である。たとえば一期は本科、普通科しか無く二期から一科、二科と変り、ついで暫くして一部（一科、二科……十期からはこの区別も無くなる）、二部、三部別科の設置という具合に研修生も極めて広範囲になってきたようだ。かつて武岡校長から「自治大学校は此の校の字に意義が在るのだ。大学令による大学と違って社会人を教育するところに特色がある。また六ヶ月間に短大（二年）相当プラスアルファーを教え込

むのだ」という事をしばしば強調された。我々も又国内留学のような衿持を持って立派な伝統を築くべく頑張ったものである。

さて、最近の在り方はどうだろうか。自治団体のバック・ボーンと成るべき少数者を成るべく長期に亘り教育しようとするのか、あるいは又できるだけ多数の職員に一応の教育をしようとするのか、分らないような気がする（当事者はその両方だと答えるであろうが）。これは取りも直さず研修生を送り込む各自治団体の学校観が多様で在ること、学校当局が自治団体の意図を尊重せざるを得ない破目にあり、一方的な運営が困難である事を物語るものであろう。かくて、此の校門をくぐる研修生の学校観、心構えもまた多様なものとなりつつあるのではないか。もちろん、どちらにも一長一短はあろうが、研修の速成大量化にも限界が在るように思う。警察大学校、税務講習所、防衛大学等に較べて、いささか便宜的過ぎて狙いがぼけるおそれ無しとしない、これは地方自治の為に極めて遺憾といわざるを得ない。先月号佐野氏の言われた通り自治大学校が自治百年の所産であるには、或いは沈み、或いは浮びつつも連綿たる崇高な自治の永遠の守護者養成の殿堂として、地道でも百尺竿頭一歩を進めつつ築き上げて行きたいものである。

さて、半歳の教育は極めて有意義であった、後四年位したら丁度十年になるからもう一度学ばして戴こうと思っている位である。そして自治大学校を真に在るべき姿にすることに若干でも寄与したいと思う。ふと耳にした嫌な言であるが〝チヂイ大学〟には絶対したくないものである。

幸い後にも先にも一度しか聞かなかったが何時迄も嫌悪感が消えない。初めての諸兄には大変嫌なお知らせをして申訳無かったけれども学校は出れば良いというのではない、学校の在り方を外から内からじっくり検討して戴きたいのである。

校友会本部の在り方は？

校友も何時の間にか四千人を越え今年中には五千人にもなる予定とあるが、組織の強化は喫緊の問題だと思う。神奈川では一三五人（在校生を含まず）が一県六市六町に散在していてその構成も種々で纏りにくい、残念ながら県支部として正式に発会もして居らず、暫定的に県庁支部（三十年十月設立）が中心にやっているが、横に縦に糾合した組織への気運は仲々盛り上って来ない。会費の徴収から本部への納付、名簿、校友だよりの配付等は仕方なく課員を出張させたり車で一巡したり、郵便によったりしているが肝心の通信運搬費が本部から一銭も交付されないと言うのは不可解でならない。本県だけなら幸いであるが、各県とも適当にやっているだろうと言う様な甘い考えだったら捨てて貰いたい（校友会は自活自弁の我々のものだから）。たしか第一回目の総会（三十一年三月）で支部結成の呼び水として、本部から補助をするような予算案が可決された筈であって、我々も大いに期待しておったのであるが、会費八割以上の納付支部にのみ二千円リベートと変ってしまったのはどういう訳か、地方の末端組織がいかに運用されているか、その身になってもっと真剣に考えて欲しい。そこで一案だが、校友会に専任者一人（年二五万あれば十分）を雇って、校友だよりや名簿等は各自に直接送付するか支部がその費用を貰って郵送するかし、本部に振替口座等設けて会費払込みを合理化して、一人一人が本部と心のこもったつながりを持てるようにしなければ、会費も寄附金位にしか思われないだろうし集りにくい筈だと思う。すでに来年度の予算も出来て仕舞ったようだが、是非ギブ・アンド・テーク体制へと積極的措置を講じて欲しい。

今迄のように恰も中央から通牒でも流すように四六都道府県に発送すれば、四千人に徹底したろうと思われてはたまらない。過去六年間実際その衝に当る者の苦言を是非聞いて欲しい。私が引続き支部長？として辛抱しているのも一に安心の置ける引継ぎ体制が出来ていないし、後任者が同じく面喰うだろうと思っての事である。

校友だよりの原稿が集まらないと言う事には我々に大きな責任が在る、まことに申訳ないことをしたと思う。とかく機関紙の様な物は、私の経験によれば原稿の集り具合で読まれているか否かが分かるようである。そこで編集に当っては先ず読まれるようにしなければならない、それにはどんな原稿でも採用し文章が活字になる喜びを覚えしめ、我々の新聞と言う意識を持たすべきである（読まれなければ高価な反古に過ぎないのだから。）もちろん、原稿料も予算の許す限り出来るだけ出して戴き、刷れたら一刻も早く会員の手元に届けられる様な組織を作ることである。記事がかび臭くなったんでは読者の興味も薄く筆者にも申訳ない。

校友会の会費が集りにくいのが事業遂行に支障を来している事は良く解かるが、先ず校友会の存在を明らかにするようもっと積極的でなければならない、一例として校内に校友会の一室を設け、校友上京の折の〝憩の室〟として欲しい。今の校舎が狭くて無理ならば新校舎には是非確保して欲しい。何と言っても今の学校は本省の廊下や部屋と変りが無い、学校職員の異動も激しく教室を覗いても大勢の者に珍しがられるのが落ちで、すぐ隣県にいてもとりつきにくい、研究所らしさ学校らしさも結構だが、校友会の室だけは我々のものが欲しい。それには我々の為の専任職員を配し、お茶位自由に飲め、切符や旅館の世話等もして、上京して陳情話に凝り固った肩も忽ちほぐれる様な雰囲気にすることだ、来年度百五十万円の予算ならば、工夫次第で専任職員、通信運搬費及び校友会室の維持費位は捻出できる様な気がする。我々の貴重な会費は校友の為により効果的に使われねばならない。過去六年間少し無策に過ぎなかったか？

（自治大学校「校友だより」昭和三十四年七月一日号掲載）

流行の功罪

言葉

我々が良く耳にし目にする用語に〝御案内のとおり〟とか〝言うなれば〟というのがある。

私が〝御案内のとおり〟を始めて聞いたのは、総理官邸での地方制度調査会の折、政府委員小林さんの説明の時だから既に六年前であって非常に奇異な感を持つと同時に、自分も使ってみようかと思った……。それから大分経った今日になってみると会議とか議場等、われわれの廻りで相当使われている。

また〝いうなれば〟はもっと最近のことで、警察官職務執行法をめぐる各党放送討論会において社会党国会議員がしきりと口にしていて、「あれっ」という気がしたものだがその後は実によく耳にする。

この二つの用語に若干疑義がある。送り仮名、用語の用い方からみてどうだろうか。要するに〝御案内のとおり〟は〝御承知のとおり〟で〝言うなれば〟は〝強いて言えば〟か〝言うならば〟という意味なのではなかろうか。このような用い方は同じ流行語の〝とき〟〝ところ〟の場合と全く違うと思う。〝とき〟〝ところ〟は「年月日」「場所」を戦後のアメリカナイズされたPR活動における平易化のモデル？　のようにあらゆるポスター新聞広告などに採入れられたところだが肝心のその内容はちっとも平易にならないのはいわゆる仏作って魂入れずというか一つ覚えの猿真似に近い気がするのは私一人であろうか。

「われわれの言おうとすることが、たとえ何であっても、それを表わすためには一つの言葉しかない。それを生かすためには一つの動詞しかない。それを形容するためには一つの形容詞しかない」とモーパッサンも言っているようにものの本然の姿を逸脱した流行に魅入られるのはどんなものだろうか。

服装

モードの移り変りは、まことに目まぐるしいものがある。頭のてっぺんから爪先まで、やれHライン、Yラインと……長目のスカートから短いものへ、また長目へと……背広の襟を広くしたり細くしたり、三つボタンか二つボタンか等々何かを繰返えしているようだ。去年はピンク、今年はチャコール・グレーという具合に世界中が何か大きな軸羽根か何かで右に左にかき廻されている感がする。

私は流行を否定するものではない、ただそのテンポと生ずるムダに驚きむしろ情けなくなる。

建物

さて、建物もまたその流行を追っていることに気が付いた。その一つが、一頃のガラス張りの建物から無窓建築への動きである。大建築は科学技術の粋を集めたようなものだから非科学（非合理）的流行に負けているとは思わないが、素人の私はおかしいなあと思う時がないわけではない。すなわち、斬新さを追究する余り非科学（非合理）性合を辿る傾向にないかという点である。日照りとの関係、雨露をしのぐ、自然の暴威に堪えるという人類の本能に由来する建物の根本的要素から一つ一つ批判をしてみる場合、どんなものだろう。

品物やお客の動態が覗かれない無窓デパート、防塵、防湿からの無窓弱電工場があるかと思うとガラス張り温室を大きくしたような計器工場や金魚鉢と非難される公団アパートなど構造物として昔のものとは隔世の感がある。加えてその色彩も暖色、冷色、中間色と恰も時の流行にはまった動きすら見られる。

このような建築技術の革新そのものには一応敬意を払うものだが、都市像として見る場合、奇観を呈しているところ無しとしない。

フランスのパリは建物と建物と、建物と環境との調和に重点をおいて厳しい規制を加え、何百年来の都市美を誇示しているとの事だ。

このように半永久的建物群による都市像の達成のためにも恰もモードの如く流行を追うことは避けるべきであろう。建物の性格と機能とを踏まえた建築の個性を保って欲しいものだ。

(注) 1 失われた個性を取り戻せ……「建設評論」 三三・七・一二

(注) 2 女性と建築―目立つだけが魅力でない……「建設評論」 三三・七・三〇

(「建設タイムス」昭和三十四年十二月十日号掲載)

恩師の言葉――継続は力なり――

中学二年生のときのこと、数学の先生が遠くへ転任されることになりお別れの挨拶があった。先生は伝統的に強い（連続全国優勝していた）弓道部の副部長をしておられ、目下、黒塗りの六分の弓を引いていることを例にあげて私のような細い腕の者でも毎日毎日たゆまず弓を引くことによってこんなに強い弓が引けるようになった〝継続は力なり〟と生徒一同を励まして行かれた。

趣味といえば、スポーツ位しかない私にとって今でもやってみたいものは幼時、父に習った弓であるためか、また自分が好きな数学の先生であったためか、火星人のように大きな頭、白皙の額、眼鏡の奥にやさしく光る澄んだ目、五尺そこその小躯とともにあの時の言葉はいつまでも私の脳裏から離れない。御承知の方もあると思うが、弓というのは試みる人の腕力によって三分、四分、五分……八分という具合に弓身の厚さが違っていて、厚いもの程力を要する強い弓ということである。だからあの体躯で六分というと大したものであったと思うのである。弓はやろうと思えば、雨の日でも風の日でも出来る。毎朝、毎晩何本かずつ鍛練された結果、あの強弓を引きこなす力と〝継続は力なり〟の信念を涵養されたのであろう。

天才でない凡人にとってはたゆまざる努力以外にない。正に〝継続は力なり〟である。そして子供の教育は勿論、新しく県庁に入る人々にも常にこういう気持であたって行きたい。何十人に一人の競争を戦って学校を卒業し、合格して来た人達のあの感激と立派な公務員になろうという希望をいつまでも胸に秘めてこつこつと積み上げることをである。とかく半年たち一年たつに従って初《ウブ》な良い面が失せてズルさや要領など悪い面を見習ってついて行ってしまっては公務は何時までたっても民間からお役所仕事と非難され、お役人と排撃されることだろう。

誠実で優秀な若い人がいつまでも信念に生きることを期待したい。

融通の利かない奴と笑う方もあろうが私の信念は変らない。地道に信念に生きようと思っている。私共は政党や個人のためにあるのではない県民のためにあるのだという基本精神を忘れない小さな礎石になりたい。

こういう意味で、百号をとっくに突破した教養月報にも敬意を表したい。とくに〝草笛〟や相模五郎さんの努力は大したものだ、継続することは大きな努力を要する反面、いつとはなしに偉大な風格が備わってくることをまのあたりに見るわけだ。

（「教養月報」昭和三十五年一月一日号掲載）

矛盾

つめて言えば民主政治とは納得の政治と言えるのではなかろうか、お互いに納得づくでいくならば万事円滑に運ぶこと受け合いである。しかし、しばしば納得づくの邪魔になるのが〝矛盾〟というものではなかろうか。

或る年、受けた高文（行）の社会学の問題に〝社会性の矛盾〟というのがあった。どういう解答を書いたか覚えていないが、簡単なようでむずかしい問題だったという印象が残っている。

それから一五年たった今、私はこの〝矛盾〟と民主政治とを結びつけて深い関心を払っている。

競論、競馬が必要か不要かという問題、店頭を賑わすパチンコの問題、一方、ゴルフ場も農地保全とは別にどんどん増えている。これら世論の沸くところ必ずといえる程矛盾が孕まれているのである。私が、いま一番不愉快に感じているのは道路の不当占用である。

健康上の理由から役所迄歩いて通勤することにしているが、途中の伊勢町に間口三間位の間、トタン張りの屋根を取り付け車道と歩道の境に屋根から天幕を垂らし、歩道はそこだけコンクリートで舗装し、野菜を並べ、たき火をし、大根を洗い全く店の一部として使っている市場のような八百屋があり、歩行者はわざわざ危ない車道を通っている箇所がある。野毛辺りの露店や屋台などもこの一種だがあのような移動式と違ってここは全くひどい。このような例はまだ他にも諸所で見られることだろう。

交通取締りがやっきになって歩行者に注意しながら、歩行者のため歩き易くしてやる道路当局者の親心はとんと払われない矛盾に憤りを感ずる。

えてして弱く小さな市民だけが取締りの対象となり、正直者が馬鹿を見るような政治は良くないと思う。当事（局）者は先ず車を降りて自分で良く歩いてみることだ。映画〝お早う〟の佐田啓二が〝世の中には無駄も必要だと思いますよ、だから楽しみもあるんじゃないかな〟というセリフがあったが、成る程、人間十人十色で何も彼もキチンキチンと合理的に無駄も矛盾もなく運ぶということは無理だと思うが、程度問題ではなかろうか。

私の駈け出し時代、特に世話になったN課長に、いつも〝上に薄く下に厚く〟をモットーにしろと教えられたが、私は〝正直者が馬鹿を見ないような行政をしろ〟と理解し、今も肝《キモ》に銘じている。

友人で公職追放など不遇と戦いつつ課長を勤め本省へ行っているうち、何処の役所にもみられる一つの壁に直面し、遂に四十余歳で辞めてしまったO氏がいるが、戦時中、思想統制という権力行政の総本山で永年敏腕を発揮して来た彼が辞めての弁に〝無性に権力というものに反抗したくてしようがない〟と語ったのには驚いた。勿論、良く変る奴だとか、土佐ッポだからなとの批判もあろう。しかしどこまでじっと我慢すれば良いのか、矢張りその人の人生というものを考えてやらねばなるまい。日本的忍従は多分に東洋的仏教思想に由来するものであり、大なり小なり衆愚政策にも通じよう。正義感の強い者を追い出す社会の矛盾というものにも反省を求める必要があろう。

この友人が退職後、最初に直面した面白い話を一つ紹介してみよう。

或る日、ジャンバー姿に本を担いで東横線高島町駅で乗ろうとしたとき、駅員に注意されふと自分のパスを見ると二、三日期限が切れていた。

駅員曰く「定期は没収する、三倍だかの罰金を払ってくれ」と

そこで彼は「そういう規定はどこにあるのか見せてくれ」と言い、駅員が出した条文集をじっくりと調べて、一箇条〝不正乗車をしたる者は罰金云々……〟というのを見つけ、貴君の言う根拠はこれだろうと駅員に示し、〝僕は不正乗車をせんとした者であって不正乗車をした者ではないではないか、貴君の親切な指摘によって不正乗車はせずにすんだんだから、この際、貴君の僕(客)に対してとるべき措置は「この定期は期限が切れていますから当方へ戴きます。瀬谷迄の切符をお買い求め下さい」というか「あく迄貴君が言うように裁判にかけても罰金をとるか」のどっちか一つだ。しかし、僕は裁判であろうと何であろうと絶対に罰金を払う気は無いのだからどっちかに決定してくれと言ったそうである。駅員は「しかし発見される迄不正乗車したかも知れないのだからこういう場合は罰金をとっていいと教習所で教ったんで」と言い、彼は「証拠はな

いじゃないか」と言う。もうこの頃となると小さな駅のこと、各係員が集って来て真剣な空気がただよって来たようだったが、条文の明文をお客につきつけられては仕方がない、遂に駅側は貴方みたいな人は始めてだ「貴方のおっしゃるとおりに定期は戴きます。瀬谷迄の切符を買って乗って下さい」ということでケリになったということである……

「貴方のような人は始めてだ」という一言のとおり、おそらくこんな乗客は殆どいないだろう。私にもいざという場合言う自信はない。しかし、どうだろう、毎日毎日何がしかの権力を持って国民と接する人はついマンネリズムになってこの駅員に近い措置をとる例はわれわれの周囲に沢山あるのではなかろうか。

〝長い物に巻かれろ〟式《しき》に不承不承、引き下がる国民は決して納得しているのではない、相手の身になって親切であれば矛盾はなくなり納得の行政が出来よう。

（「教養月報」昭和三十五年四月一日号掲載）

縄張り

古くからある言葉で、ある親しみさえ覚える言葉である。そして微妙で多岐な意義を持っているように思う。たとえば、博徒、てきや、愚連隊、演歌師、売春婦の〝縄張り〟から事業界の縄張り、動物界における生の縄張りのような意義におけるのが通例で、若干、粗野な意味のものではなかろうか。

先日、静岡で土木所長をしている兄が来浜した際、談たまたま役所の自動車の話になり、本県の集中管理の件に及んだのであるが兄は〝要するに縄張りだよ〟と言うのである。兄は台湾総督府で終戦を迎え、今、出直して静岡県に居るが、学校も満州時代もずっと土木に関係ある男だし、事務屋の私とは対象的だ。私は集中管理をとかくの不便と批判は持っていても極めて事務的に理論的に合理化の目的から採用されたものだろうと話したのである。それに対する兄の言葉は前述の通りだったのである。

先日、東海道新幹線をめぐる国鉄、建設省、農林省等との大打合会があて代りに参加したのであるが、議事が進むにつれふと〝縄張り〟という感じが頭に浮んだのである。その時の感じでは責任の回避ということにあったように思う。……

私共、事務屋の周りを考えてみて、お互いの仕事間に円滑を欠くと遅くなって県民に迷惑を掛けることになり〝苦情〟としては跳ね返ってくるであろう。また、技術屋の現場についてみよう。これは聞いた話だが、川崎市内の大師方面の羽田へ行く途中のある箇所だったと思うが、折角県道は良くなったがその間に僅か距離にして五十メートルばかり川崎市の管理箇所とかで凹凸な箇所があったがこれを見た人々は〝縄張り〟と猛烈に批判したであろう。

もう一つの例をみよう、県庁舎に鼠や油虫が出て各課は皆んな困っておられることであろう。鼠が机の引出しでお産したり、ダニを家に持ち帰って嫌な思いをしたり面談中の部長、課長の青テーブル上を油虫がはいずり廻って来ては風情（ふぜい）とめでる人はともかくおよそ近代建築とは不似合な不潔感を持つのではなかろうか。私共もどうしたらよいかと考え、手も打って来た。たとえば、本庁舎の税務課の時は専ら鼠を相手に土日と大掛りな密閉消毒をしてある程度の効果をあげたが、隣の部長室との境に穴（戸棚の裏で一寸見えない）があって鼠はただ一時待避したに過ぎなかったのである。また、最近の油虫の繁殖にはほどほどに困った。御承知のとおり、分庁舎は各室の仕切りがないので自分の部屋だけといっても仕様がないので、調度課へ頼んだところ〝調度課は廊下と庁舎の外廻りの維持管理に当ることになっており各部屋は各課の責任だ〟という返事である。そこで職員課の福利厚生へ調度の返事が今のようなことだから各課で薬を購入しようにも金の出所に困り高くつくから貴課で予算化して集中購入して貰えないかと言ったところ〝考えておきましょう。まあ次の庶務係長会議にも諮りましょう〟という返事、その後何の音沙汰もなく二夏過ぎたのである。こんなことは私一人でなくおそらく色々な人からも意見があったと思う。われわれが聞いてもおかしいが一般の民間人が聞いたら笑い出すであろうと思う。色々と検討をして虫族にかなわないではびこり放題というならわかるが、積極的に検討もしないで、職員や外来者を不快にさせるのは鈍感すぎる。現に窓ガラスは各課各階まで丹念にふいてくれており床の手入れや掃除もやっているではないか。それもやめてしまうと言われては困るんであって、これ式に特定業者を使ってでもよいから時々は庁舎全体を消毒して貰いたいのである。

このようなのは一種の縄張りだと思えないだろうか、予算当局、厚生当局、調度当局、衛生当局が話し合って結論を出して貰い各課が協力すればきっと解決すると思う。各課がお茶代をさいて高い薬を貰って部分的にパクパク、スースーやっても何の役にも立たない。最早やみんな日本人特有の〝諦め〟の状態ではないか……、やれ福利厚生、元気恢復、能率、清潔としげく言うのであるが、肝心の仕事の妙、行政の妙味というものも先ず県庁から発揮させたいものである。

このようにわれわれの身の廻りにおける争いはその仕事の処理体制（組織機構）に困る面も少くない。通常、組織における責任と権限は平等でなければならないとされているが、権限は強調し過ぎ、責任は回避する傾向にある。これがいわゆる縄張り争いとなるのではなかろうか。

近代の複雑多岐な行政で各事務の末端まで分析して完全な組織、分担を望むことは無理であり、随所に事務分担責任の不分明を生ずることもまた止むを得ないことであり、そこに生ずる間隙あるいは入り組みを補充し円滑に運ぶのは結局人にあり運用にある。いわゆる融通性の問題であろう。

ところがまたここに問題がある。役所は個人としての役人としてもまた組織としての役所としても余り融通が利き過ぎると危険である。多くの法令や規程の綱の目を自から逸脱して行政官の本質を失ったり、知らず知らずの内に特定人と悪因縁を造ったりする危険が待ちうけている。ここに役所の縄張りが生まれる必要性があると見られないこともない。

高邁な政治理念に生きる政治家や真理の追及に努める学者にも同じように縄張りがあるであろう。世の中はすべて要するに縄張りだよという言葉もまた一つの否定し得ない見方であり面白いと思う。

しかし、原爆から電子計算機、宇宙ロケットへの飛躍が、そもそも数学者ウイナーの自動制御＝フイドバック＝理論の応用にまつところであって、ウイナーが数学者でありながら医学（脳神経系）や生物学、生理学、心理学、通信技術、工場管理等広範な領域の共同研究にまって出来たことを思うとき、われわれも行政官（技術者も同じだ）としてもっと視野を広くしお互いの程度を引上げる努力が必要であろう。

（「建設タイムス」昭和三十五年三月一日号掲載）

役人と監査　接待はガラス張りで

春らんまん桜花匂う四月は異動の月であり、監査に明けて監査に暮れる月でもある。静岡に居る兄の息子が来たので『お父さんどうか』と聞いたら『監査で毎晩遅い』とのこと、当方でも幾組もの班が県下を廻っている。

いわゆるヒモ付きの補助事業には建設、農林、通産等の主務省のほか大蔵省財務部等、補助金の使途に対する監査、各省検査のための検査院の裏付け検査、行政管理庁の勧告監査等幾通りもの監査が地方へ地方へと押し寄せる（このほかに内部監査がある）。各省庁のよく用いる〝監査〟は最近の法律では指導監督とあるのをわざわざ監査とスゴンでいるような気がしてならない。一歩譲って指導監督の監査権を決定権、確認権、取消権、勧告権、助言権と分析して当てはめようとしても地方自治が憲法で保障されている今日、お上の切捨御免的監査は絶対にありえないのである。

ところが現実はどうか、予算が無いから旅費を負担してくれ、車で迎えに来てくれ文書や電話じゃ片付かず旅館、道巡等について、こちらから参上して伺いを立てる仕末、いよいよO・Kとなると弥次喜多道中よろしく乗り継ぎ泊まりつないで連夜の宴とマージャン、ゴルフが綾をなし、景品がつき、土産持参で御退散とくるのが例である。そしてどれもこれも当り前という顔をして一人として宿賃だけでも払うと言い出す者がいないんだからあきれる。

研修講師とかブロック会議へ特にお招きするような場合は旅費も地方持ちでよかろうが自分の仕事をするのに旅費が出ない筈はない、予算がなければ出なければよい、それとも二重取りか？如何に学歴経験があっても人間としてゼロではいか。

このような人間関係にあってその指導に耳を傾け西郷どん的心服がある筈がない。クロバトキン的服従、支配の意味しか残るまい。監査、指導などの場合はとくに清潔で権威ある節度をもって当るべきではなかろうか。

受ける側でも適正な仕事をし、如何なる根拠の監査かよく見究め非違を夜の宴で許してもらうなんて卑怯な真似は速やかにやめて欲しい。勿論、間違っていない無理な押し付けははねつけるだけの気骨が欲しい。中央政府の役人が安サラリーのリベート的役得として全国を歩くための指導監督は許せない。

ある夜、五十歳過ぎの職員が「偉い人は本省の人だといつもえらく接待するけど、吾々が炎天下或いは寒風の中、毎日々々現場監督をして廻り僅か一度御苦労様と業者と一杯やるのがなぜ悪いのか〝仕事が円滑に〟という目的は同じじゃないか」と拙宅へどなりこんで来た。私は、とっさに君!! 一つ大きな違いがあるよ、前者は上司の許可を得てやっているが君の方はかねていけないと言われていることを勝手にやるのではないかと夜更け迄説得して帰らしたのだが、本省の若僧に対してと手元の職員に対する扱い方とに納得し得ない矛盾を感じているのが、当世、特に多い。ただ黙っているだけである。夜遅く迄係官を自宅へ送り届ける運転手や朝から旅館へお迎えに行かされる若い職員の気持を察するがよい。監査官や自分の上役のダラシなさに内心大いに憤慨していることだろう。このような人間関係が職場に良い影響をもたらす筈がない、ここに接待の限界を見出さねばならない。

先日、自治庁行政課長が〝地方自治以前の問題〟というテーマで『ある県の財政課長の話によると某省の出先機関から殆んど毎日のように係官が来ている、仕事があれば出張もよいが、困るのは接待であり宴会であり、県職員はそれに忙殺され乏しい県費が費消される、中央官庁は地方団体を何と考えているのか、地方自治は踏みにじられているのか、いや、地方自治を尊重するのかしないのかという問題ではなくそれ以前の問題―国家公務員の人間としてのありかたの問題、モラルの問題にほかならない。しかし、現実にモラルの低下を認めざるを得ないような事例も少なく、そのため地方団体が多大の迷惑をこうむっているのは困ったことだ。各省庁が時を選ばず統一のない調査等による迷惑は相手の身になって行政を行う心構え、態度、配慮がありさえすれば解決できる』と言っている。また知事は〝中央はよろめいても県はよろめかない〟と言われたが、要するに吾々神奈川県だけはあるべき姿で仕事をしたい。住民のための政治をやるんだという決意を披歴したものと思う。

要するに監査も検査も指導も税金の使い方の指摘にあろう。そこでこれに伴う接待は正しい人間関係においての接待でありたい。言うことと行うことは違うでは困るのである。

ここでは特に監査を例に取りあげたが、視察とか地方団体その他の機関との懇談、議員や記者関係等においても大同小異である。接待接待で、上役は生命を刻み考える余裕を失い、部下は〃何だ適当にやっているな〃ということでは良い行政は産れない。ガラス張りの接待、うしろめたくない接待でありたい。

天は人の上に人をつくらず人の下に人をつくらず。

（「神奈川タイムス」昭和三十五年四月五日号掲載）

ペンの暴力――最近のマスコミと世相――

新聞、週刊誌、ラジオ、テレビ等の解説、評論は、民放、週刊誌ブームと相俟って過剰奔放、むしろ国民の正常な判断をまどわすものがある。言論の自由は個人の権利としてこそ尊重され、社会の公器に用いられる場合、もっと中庸であって欲しい。たとえば

国民を憂しゅうのドン底に落し入れた雅樹ちゃん殺しの犯人は、最後の電話で『警察へ知らせたな、もう金はいらない雅樹のいのちはもらった』と言って三百万円の身代金と愛児の生命が奪《うば》われたのであったが、警察の公開捜査の失敗とそれに油を注ぐ新聞、報道等の行過ぎと見てよい。

去る六月、米タイム誌は我国の三大新聞のことを『誤りをおかした新聞の自由』と題し、警職

法、警官の国会導入、安保審議、アイク訪日など一連の岸内閣のあり方にバ倒を浴びせて危機をかもし出す素地を作りそれを崩壊せしめ〝暴力とはけん銃やげんこつによるものばかりをいうのではない。ペンの暴力こそいっそう危険なのだ〟となげかせた。

常勝巨人軍今年は優勝断念か？　の土壇場対広島ダブルヘッダー第一戦に巨人が破れ、ライバル大洋（三原）の優勝が決定した折、数十人の記者達に語るべきは語り、写すべきは写させるまで護送犯人みたいだと慨嘆した水原に、第二戦も連敗するとまたもや数十人の記者が押しかけ余りのことにことわったが、一写真記者がなおも執ようにこの敗将の毛穴までのぞく接写を試みなぐられたことなど、どっちが暴力なのか？　の感を深くする。

また、日本シリーズ大洋、大毎戦における権威ある評論家の予想はどうか、全然あたらなかったではないか。かねてテレビ・ラジオの解説評論家のオーバー振り、買わされる国民こそいい迷惑ではないか、船頭多く舟山に登るというが、ペナントレースでも大洋の独走を実力とはみず、一点差だろうと何だろうとツキだとか運だとかいって自からの顔を覆うには余りにも完敗すぎた。運命は新しい運命を産むとか勝手なことを言っていたが、人の口は重宝なものだと思った。

むすび

十七歳の浅沼刺殺犯人をめぐって青少年教育、デモクラシー未熟論があらためて叫ばれているがマスコミにも一端の責任がないとは言えない。右翼のテロやいやがらせなど違法にして無謀な暴力、右翼のデモやスリバチ団交等違法スレスレの陰気な暴力、勿論危険であるが売らんがためのペンの暴力もまたいまわしい存在である。いつの日か自粛するだろうか。

（「神奈川タイムス」昭和三十五年十二月十日号掲載）

人事管理の諸問題——いわゆる士気＝意欲について——

公務の民主的能率的運営とは、究極のところ住民へのサービス効果をあげることになければならない。そしてこの目的を達するには、公務員の訓練（研修）と適正な人事（管理）にあると思う。

ここでは、訓練についてはしばらくおいて、社会経済の進歩に伴なう人事管理の微妙化から最近とみに人間関係が重視されるに至ったのであるが、私は特にこのうちの士気＝モラール（意欲）を問題としたい。

公務の能率化と適正化を図るため、組織及び監督者がその部下を熱心に訓練しても、部下が教ったことを実行しなければ単なる自慰行為にすぎない。戦後、庁内でも多分にこの傾向が多いのではないか。たとえばバッジのはい用、出勤時間等の服務、私用電話等の規正、電力節約（昼休みの消灯）、公用文の作り方、業者の自動車便乗禁止等々役所は人一倍努力しなくても定ったことを定ったとおりに守れば、非行事件など起らないように出来ているにも拘らず、屡々非行者を出したり、血の通わないお役所仕事と批判されたりするのは、率先垂範する人が少く、公務員としての意欲の弛緩によるものではないかと思う。ちなみに関西学院大学の足立教授はこの士気高揚の要素として第一に給与の改善、第二に福利厚生施設の充実、第三に適正な勤務評定をあげているが、私もまた、戦後、信賞必罰の不徹底をきわめて遺憾に思っている。もっとも米国の如き高度資本国では、組織人を単なる将棋の駒の如く考え、平凡な人の養成に主眼を置こうとする動きもあるが——。

戦前は、昇給、出張、ボーナス、人事異動等において監督者に大きな権限があったが、最近の監督者には部下の教育、監督責任が極めて重く、いわゆる部下を信賞必罰する裁量余地は非常に少ない。

むしろ、機械的、画一的な扱いがいわゆる悪平等を招いていないか、これではビジネスに漫然と一定時間を費やそうとする傾向に深い問題があるように思う。

勿論、勤務評定なり信賞必罰の実効をあげるためには、前述のようなムードを醸成した（一）民主主義と自分勝手な行動（二）個人の尊重と自由放任、ひいては部下への迎合（三）正義感はあってもよりよい国家観のない教育等々とそれに底流する社会性の矛盾の浄化に努めなければならないことは当然である。

（「研修」昭和三十六年六月号掲載）

或る窓口風景――近ごろ不愉快なことども――

街にいやなものは沢山あるが、いわゆる国鉄一家の駅員もつっけんどんでいやである。彼等がお客らしく扱うのは乗客専務の車内検札の場合か急行のボーイ位のものではなかろうか。これも金を払って折角旅行中のお客のプライバシーを侵す者の当然の礼儀であって決してお客様への低姿勢から帽子をとるのではないようである。

二年程前の或る夜、同僚と二人で横浜駅西口へ来た私は表口へ通り抜けて市電で帰るため十円の切符を買って同僚につづいて改札へ行ったところ、夜も十時近くのこと客もまばらで注意も散漫だったのであろうか、若い駅員はたまたま切符にハサミを入れないで通して仕舞った。こちらも、通り抜けだし、切符は買ったのだし同僚はさっさと行くし、そのまま歩いて東横線の階段口で同僚と別れ、いざ表口で切符を渡して出ようとすると、中年の小柄な駅員は「ハサミが入っていないから駄目だ、ハサミを入れてもらって来い」と言うのである。「この駅の西口で買った切符を現に持っているし出るだけだから出して欲しい」と頼んでもハサミが……の一点張りで取りつく術もない。

仕方がないから此奴の名前だけでもと思ってきくと「名前？　名前なんかいう必要はない」と更に開き直る有様で、このわからんちんの言うように百五十米も後もどりしてハサミを入れてもらって此奴に通してもらうにはもう私のプライドが許さず、直ぐ下の京浜電車の精算所で別の切符を買って戸部駅まで乗って帰ったが、あの時程駅の何でもない柵が丈余の鉄柵とも思われ何のために金を払ったのかとシャクにさわるし、久し振りに二人で歓談した喜びなど一ぺんに吹っ飛んで仕舞ったことがある。出来事はそれだけのことであるが、一事が万事、切符や急行券を売る態度、不正乗車取締りの態度（事前に発覚しても指導するんじゃなく丸で不正乗車常習扱いをする）、家族パス、鉄道弘済会の独占販売、国策と称する用地買収、工事発注等をみると公器の威を借りて乗せてやっているのだ式の尊大振りは戦時中とちっとも変らない。

静かに振り返ってみて、私の未だに納得のいかないのは、あの場合「ハサミが入っていませんが同じ駅のことですから私が預かっておいて後で内部で処理しますからどうぞお通り下さい」と何故言えないのかという点である。こまかい彼等の内規は知らないが、汽車の切符はいわゆる無記名債権で所持人を債権者とみなす有価証券であって料金を払って切符を買った以上、その所持人は国鉄にとってはお客様であり期間内に所定の場所へ運ぶ債務が発生する筈である。「ハサミを入れる」のは寧ろ国鉄自体の確認手段たる駅員の方の義務であって債権発生の前提となる売買契約の条件は切符に明記された乗車区間、金額、通用期間、発行駅だけで充分であって、ハサミを入れることが債務履行の重大要件となっては明らかに行き過ぎであり、こっちの知ったことじゃないのである。それも同じ駅の表口と西口間で数分前の出来事を連絡しようともせず下車させない頑迷尊大な態度が許せないのである。彼等の名前を何としても聞き出しておかなかったのが未だに残念でならない。私のような者でもこうだから気の弱い人達の泣き寝入りはもっとひどいものがあろう。私は彼等に召し使いになれと言うのではない。国鉄も一つの経営体なのであるから商行為を逸脱した筋の通らない官営意識でもって形式張られては困るということである。

大分国鉄のことを書いたが警察の窓口なども良くない。商売柄誰も彼も違反者に見えるのだろうか、違反と何の関係のない人も訪れることを忘れないで欲しい。役人もまた偉い人の名刺でも出されると急に親切になり、とんとんと事が運ぶが名もない者はちっとも取りあげてくれない場合が多い。いずれも大同小異で権力的集団に属する者は弱い者いじめをするいわゆる虎の威を借りるネコとみる次第である。

そこで、弱き者皆さんに提唱したい「必ず応待者の名前を聞いておくことにしよう」と。ネコ達はその上司に投書でもされたりバッジ族に言いつけられることを一番気にしているからである。デパートの売子なみに駅員も胸に番号札をつけさせて国民に勤務評定させて貰うとぐんとサービスもよくなることだろう。大衆の奉仕者はすべてそうあるべきだと思う。

（「神奈川タイムス」昭和三十六年十月一日掲載）

職場の片隅で　巨大な組織下の個人

ヒューマン・リレーション

最近、人間関係＝ヒューマン・リレーションの強調も一種の渋いブームとなっているようである。これは、もともと、アメリカにおける成績・機能主義の反省からあみだされたもので、そのまま、我が国に持ち込むことには、既に、若干の批判が起きている。その主なものは、「元来、日本人は浪花節調で人間関係が強すぎるんじゃないか、もっと、日本人は合理的で科学的精神を養う必要があるので、今更アメリカから人間関係の講義を受ける必要はない。むしろ逆だ」というのである。（中央公論　三月号）

早い話、一寸一杯やれば職場の人間関係もうまくゆくこと受け合いだが、夜な夜な一杯やらなければ言いたいことも言えずうまくゆかないのでは困るんじゃないだろうか。第一、家庭がお留守になってしまって思わぬ破綻が生ずる。今や人間（組織で働く人々）は、組織のストレスから反射的にプライバシーを求めたがっている。近代機械文明国で東洋的禅思想への憧れが深まったり、科学的に解明できない印度のヨガや秘境チベットの第三の眼が注目を引くのもそのせいだろう。

機械化の陰・陽

このように、世の中は陰と陽、静と動とが、調和してはじめてうまくゆくのである。農業なども世界的経済成長を示す工業からみれば足手まといと化したようだが、だからといって、タケノコ生活に明け暮れた当時の農家からは後光がさしていたことを全然忘れるわけにゆくまい。科学的調和に立つ政治行政に大きな期待が持たれる所以である。

昨今、盛んに機械化ということが叫ばれているが、この場合、その経済性ということを忘れてはならないと思う。機械化即合理化という考えには飛躍がある、採算がとれて始めて真の合理化だと思う。ただ、最新式の機械が入ればそれでいいわけではない。償却、効率、人間関係等を計算してみてひき合うときに始めて真の機械化といえよう。家庭におけるミキサー、あるいは数年来の豊作に便乗した小型機械化を代表する七～八馬力のテーラーの普及がすでに零細経営の壁に突き当ってあり余っているとすれば、これは、所得を高めたわけではなく過剰投資に過ぎないのである。

大分、横道にそれたが、機械化の進むあまり二〇〇年来の人間機械論が再び真剣に論じられるようになった、考える機械などといわれても機械と人間の本質的相違である人間の主体性と価値の意識はまだまだ失なわれそうもない。

かつて「電子計算機があと二台（当時一台）あれば伊勢湾台風は予知できた」などと報じられ

たが、三台の電子計算機の一年間の経費が約五億、一〇年間に五〇億ですめば台風の被害などまことに微々たるものではないかということになるのだが、私は、俄かにこの論法に賛成したくない。今一度、われわれの持つ頭脳はその総合性において如何なる電子計算機にも勝さるものであること（もちろん入力で一〇〇年もかかる計算を数時間でこなす計算機もあろうけれどもそれはそれだけのことで）、機械で解決し得ない人間の優位性を再認識する必要を強調したい。すなわち、今こそ、みんなやる気を出す必要があるのではなかろうか。

それには、巨大な組織下の個人の無力感をなくすような環境を検討し、一人一人に希望を持たせる努力も平行してつづけられねばなるまい。

（「教養月報」昭和三十六年十一月一日号掲載）

先生

校長先生に「弁当は一粒も残さないこと、国民が一粒ずつムダにしても一億粒、日に三回として一年間では大変な量になる」と言うお話を伺ったのは小学校二年生の時であった。それ以来、お弁当は先ず蓋についた飯粒を丹念に拾ってから喰べるのが私の癖になってしまった。

幕末から明治にかけて雄名を轟かせた薩摩だが、最悪の土壌や毎年繰り返し来襲する台風という自然の悪条件と全体の四割を占める武士を抱えて常に忠孝仁義、質実剛健の気風を養うことに懸命だった藩政の名残りかと思えば容易に納得いただけよう。

さて、最近では〝消費は美徳〟などと言われ四面海に囲繞された資源に乏しい国でどうするのか気にする人すら少なくなった感がある。「米国ですら屑紙の回収が四割にも達しているのに我国は一割に過ぎず、米国並みになったらパルプのための濫伐、洪水は無くなろう」とアリの町の松居桃楼先生に教えられて恐れ入ってしまった。もっと物と時と命を大事にする国民運動はどうだろう。

小学校五年生の時県大会の百米競争に出たが、ビリから二番に終った。一番チビで「あれじゃ無理だな」と見物席が笑っていたそうだ。それからは走巾跳に転向し猛練習の甲斐あってK中主催の郡大会で個人も団体も見事優勝し、優勝旗、賞状、メダルと次々に受けた感激は今もって忘れない。

いよいよK中に進学すると待っていたように競技部に招じられ真白いユニホームと生まれて初めてのお誂えスパイク券を貰って意気揚々だった。放課後は暗くなるまで色浅黒い引き締ったT先生の〝位置について〟ヨーイ・ドンを相図に繰り返しダッシュしたものだった。

二足目を買う頃には支那事変、大平洋戦争と激しさを増し、スパイクも使用を禁じられるようになり、後に針を抜いて妻のものに改造し、品物が出廻った今では、再び私のトレーニング・シューズにしているが、このスパイクには楽しかったこと苦しかったことT先生の面影等が、幾重にも深く刻まれている。

（昭和三十七年六月十四日）

もてない父親の感慨

家は高一の長男を頭に二男二女の六人である。毎年、正月は私が子供の頃神社の境内等でよくやった〝蜜柑つき出し〟をみんなで楽しんでおります。ミシンの椅子を台にして蜜柑を並べ、襖などを傷つけないよう、向う正面を毛布で囲い、一間位離れた所から（末っ子は少し前に出さしてやります。）昔の二銭銅貨の代りに、子供の消ゴムを使って落しッこするのですが、前へ落ちたものは落ちただけ自分のものになりますが、横や後へ落ちたものは残念ながら元へ戻さねばなりません。順番は最初が一番とくですからジャンケンポンで決めます。

いよいよ始まると、相手の手元を狂わせようと周囲でハヤシたり、オドケて見せます。せっかく当っても、きわどいところで止まって落ちなかったり、家中キャーキャーの騒ぎに、親の方は近所迷惑ではとひやひやします。

子供が小さいうちは、私達はもっぱら恵んでやる方で、〝お父さん仲間ね〟と大いにもてたものですが、このごろでは〝お母さん上げるッ〟と逆になりました。いつのまにこんなに大きくなったかとしんみりします。

蜜柑だけでなく落花生、飴、チョコと、子供の欲しがる物を賭けているうち、家中がパッと明かるくなります。あとはてんでんに自慢話のうちに戦利品をつまみます。

このほか、私の郷里（鹿児島）には、〝砂糖黍（きび）取り〟〝さんげし（竹馬）乗り〟と、一風変った正月の遊びがありますが、いずれ家族ともども故郷をしのぼうと思います。

（「教養月報」昭和三十八年一月一日掲載）

世相雑感

身勝手？

最寄りの、横浜桜木町郵便局へ立寄ったときのことである。

すでに夕刻の五時過ぎで残ったたった一つの窓口には三人のＢＧが横に取り付いていた。事務室には一人の局員が、秤と伝票に視線を走らせている。私は自然と真中のＢＧの後へ並んで待った。……すると別のＢＧが私の肩越しに「お願いします」と二、三通の封筒を差し出した。……

前の三人は夫々二十通位の大小の郵便物を差し出し或いは持っている。見かねてか奥で雑談している非番らしい二人の局員の内の一人が「お願いしますは良いけれどちゃんと印を押して来てね」と言い乍ら四人目のＢＧの封筒を受取って量り始めた。そうしているうち今度は五人目のＢＧが大束の封筒を肩越しに差出すのである。

土地柄、外国郵便が大部分でこれではいくら待たされるかわからんと思うと、私は遂に腹がたってきた。しかし小娘相手じゃ仕方がないから葉書一枚買うのをやめて出て来てしまった。

おそらくは文書係であろうＢＧ達の勤め帰りを利用した用足しにたった一人の中年男の私はすっかり締め出された格好で……年代の違いというものをあらためて痛感させられた次第である。

士気

戦後も十数年、世の中も漸く安定した筈なのに敗戦直後とはまた違った世相が感じとられる。今夏の海山のバカンスでは〝ヤケのヤンパチ〟的ムードが一杯見られた。そしてこれは世相が悪いからだということのようであった。

さて、このような背景下での公務員の士気高揚の理論づけに苦悩しているのは私（Ｊ・Ｓ・Ｔ指導者）一人であろうか。「大体、われわれ社会、公共に直接尽すために公務員になったのではないか世相が悪ければ悪い程役所への風当りは強い。それだけに「ヤリガイ」を感じ頑張らねばならない」という風に方向づけてみたら、上級公募の職員が「私達の場合そんな大それた気持で試験を受けなかった、ほかに行くところがないので何となく受けたら合格した」と答えたのにはハタと考え込んでしまった。勿論、これが全部ではないとしても現代の世相というものが大きくものを言っているように思われてならない。

……人々のどうにもならない気持、持って行き場のない気持……鶴見事故につづいて線路に置石をする悪質妨害が起きているが見えざる抵抗（個人の巨大組織への反撥）であろう。

このような場合には過ちは卒直に認め反省することが二度と繰り返さぬことに通ずるのであって、今の社会が万事この「責任」ということを起点に回転し始めることによって世相は明るくなろうし全体の士気もあがるということになろうか。

消費は美徳?

車内に散乱する瓶、読み捨ての週刊誌や新聞、駅や盛り場を汚す労組や映画館の宣伝チラシ等々、これらの跡仕末は一体誰がするのだろうか、売ってしまえば渡してしまえばあとは知らん顔というのは困ったものである。

デパートや商店の包装も益々贅沢になっている。「贅沢は産業振興の一大原動力である、贅沢は消費する以上に生産するもの。」というアメリカ経済の思想であろうが資源の乏しい我国では大いに再考の余地があるように思う。一歩を譲ってほんの一例だが、せめて物資の再生、屑の回収が割に合うようにならないものか、折角、屑屋さんへ渡してもいい顔をせずお金にならない瓶や缶は河原へ捨てていく例すら見られる。これでは美化運動も何もあったものではない。消費礼讃が大きく美化を阻害しているといっても過言ではない。したがってかかる原因を創るグループはもっともっと美化のための経費を分担すべきだとも思える。今や地域行政はその最大のネック（それが本来の姿とは言え）汚物処理等末端（割に合わない跡始末）の解決を迫られているのである。

リコー社長初め財界の人達が、「何でも貸します会社」を創られた。だが、ついでに「何でも買います」、「何でも交換します」会社を是非やって欲しい。そしてそれにはうんと政府補助をやってもよいと思う。

このような消費の合理化の基調が大いに経済の自立に資することになろう。

（「校友だより」昭和三十九年二月一日号掲載）

創刊のことば　＝厚生タイムス＝

お互いが理解しあうということ、相手の身になって考えてみることは民主社会の根本ではないでしょうか。さて、私達は現在一番求められている近代的労務管理の一翼、福利厚生の仕事を四ヶ所に分かれて担当しておりますので相互の理解を図るには、「言葉」にかえて「文字」でやることが一番ということになります。そこで、第一回号は私共の職場の概要をまとめてお配りすることにしました。

人は十人十色、或いはまた黙っている人に意見がないわけではないと申します。次回からは皆さんの投稿で盛りたてて下さい。


（「厚生タイムス」昭和三十八年十月一日号掲載）

十人十色

前号で人はさまざま十人十色ということにふれましたが、ここに一つの○《マル》を書きます。これを
或る幼児は風せんだと思うかも知れません。

或る小学生は○×の○と思うかもしれません。

或るお酒好きのお爺ちゃんには盃に見えるかも知れません。

或る野球好きな人にはボールに見えるかも知れません。

或る写真屋さんにはカメラのレンズに見えるかも知れません。

或る果物屋さんにはリンゴに見えるかも知れません。

或る課長にはハンコに見えるかも知れません。

このように単なる○でも数限りない見方があると思います。そこで言葉使いを始め何事も慎重

にお互いに相手の身になってということが要請されるわけです。とかくそんな余裕などあるものかということになり勝ちですが、少くともそういう気持でありたいと思います。

「天は人の上に人を作らず、人の下に人を作らず」とは至言というべきでしょう。先日、朝日新聞神奈川版に二つの私学と題し栄光学園のフォス園長の言葉が出ていました。

「男には男らしい男にむく教育をすべきだというのが私の考えだ。」「私は校長だ、これでいいという人はないがこれでいいと思わなければ仕事はできない。」

というのでしたが、矢張り一責任者である以上このような気構えが必要でしょう。

（「厚生タイムス」昭和三十八年十一月一日号掲載）

ニコニコ

トンチ教室の長崎抜天さんの日本中を明かるくする話をご紹介します。

長崎「君達、お父さん、お母さんに呼ばれて返事する人手をあげて」

子供達「誰れもあげない」

長崎「それじゃ君達黙っているの？」

子供達「一人が手をあげて〝ハイ〟と言います」

長崎「あっそう〝ハイ〟と言って返事するの……するとお父さんはどんな顔する？」
子供達「ニコニコッとする」
長崎「そうだね、それじゃお父さんが朝出かける時、お母さんが鞄と帽子をニコニコして渡すとお父さんはどんな顔をする？」
子供達「ニコニコッとする」
長崎「そうだね、お父さんがニコニコして玄関を開けてポチポチというとポチ（犬）はどんな顔をする？」
子供達「ポチもニコニコッと笑う」
長崎「そう、ポチが笑う。やがて、お父さんがバスに乗って車掌さんにお金を払う。車掌さんが釣銭を渡す、その時お父さんがニコニコッとすると車掌さんはどんな顔をする？」
子供達「ニコニコッとする」
長崎「そうだね、車掌さんがニコニコッとするとバスに乗っている人達はどんな顔をする？」
子供達「ニコニコッとする」
長崎「そうだね……そうして、だんだんニコニコ顔が拡がってやがて日本中がニコニコ顔になるね……すると君達がお父さん、お母さんに呼ばれた時〝ハイ〟といい返事をするとやがて日本中が明るくニコニコ顔になることになるね」

子供達「そうだ、そうだ」
先日映画に行ったところ、切符売嬢がまことに不愛想であった。私だけがしゃくにさわるかと思ったら、真面目そうな高校生達が、わざわざ窓口から覗き込んで「バカヤロウ」とつぶやいて行った。駅の切符売、タクシーの運転手等窓口の不愛想は一杯である。それには深い色々な原因があろうけれども、先の話のように窓口でニコニコされたらどんなに世の中が明かるくなることでしょう。

（「厚生タイムス」昭和三十六年十二月一日号掲載）

局長とタバコ

教育長のお正月のあいさつ、知事や管理部長の教養月報誌上での言葉を見ますと、皆さん今年は家庭の年、健康の年になりそうです。

それにつけても、私は、役所の偉い人にもっと考える時間を与えなければならないと思います。いろいろな阻害要因がありましょうが、今や改善への勇気を振るうときだと思います。

自治大学講師（財政学）一橋大学教授・木村元一郎師が先年アメリカへ遊学された時の随想の一部をここに引用してみましょう。

——これもアメリカの話である。ロスアンゼルスのカウンティ（県又は郡に当たる）の役所に行って税制や財政調整の問題をたずねた。調整局長と話しているうち「ちょっと失礼します」と彼が席を立った。しばらくして戻ってきたとき手に煙草を持っている。他の用件を兼ねて地下まで降りて自ら煙草を買ってきたのである。ついでに水呑場で咽（のど）をうるおしてきたという。——

あとは御想像にまかせますが、先生の話ではいくら見回してみても皆んな威厳を持って忙しく立ち働いていて煙草やお茶汲みを頼めそうな女子はいないのだそうである。ともあれ、自分のことは自分でする時間と余裕を持っているアメリカの局長は逆に言ってうらやましい限りだと思います。

（「厚生タイムス」昭和三十九年二月一日号掲載）

監査を終って

一昨年十月以来一年半振りに財務部の監査を受けましたが、今回は皆さんの御努力もあってそれ程大きな指摘もなく、一部には物足りないという声すらありました。

このことは、反面、たとえば公印の保管とか、請求、領収、支出金額の不突合とか、出張の際の復命の励行等極めて基本的なもの（例えば、担当者は所定の手続きを守り、上司は確実にチェックする）が目立ちました。すなわち、私共の身近かな問題が指摘されたわけで、これから皆さんと力を合わせて、今日からでも改善しようではありませんか。

申すまでもなく、今度のような内部監査（広義）は、短時日の間に合規の仕事をしているかどうかを評価するに過ぎないもので、私共はこれだけで満足しているわけにはいかんと思います。すなわち、私共の仕事振りは、直接数万人の組合員が見守っているからであります。

これを機会に、私初め大いに勉強して組合員に満足のいく仕事が出来るように、職場研修を充実していこうと思います。この職場研修は、単に月に一度の講義式のものだけでなく、日々職場の隣同志或いは係長対係員で手を取り合って研さんすることであります。そして、あくまで若いうちに公務執行の基本を身につけるべきだと思います。公務の基本を知って守らないのと、知らずにそれを守らないのとは大きな違いだと常々思っております。最近の若い人はよく教示して納得させれば実によくやる。民主教育の賜だと言う人も多いようです。私のこごともそういう意味で受け取って戴ければと念願しております。

（「厚生タイムス」昭和三十九年三月一日号掲載）

県立の○高校卒業式挨拶

卒業生の皆さんおめでとうございます。また、きょうの佳き日迄の御父兄の皆様の御心労に対し深い敬意を表するものであります。

更にまた、入学以来親身の御指導を賜わりました、校長先生始め諸先生に対しまして深甚なる謝意を表する次第であります。

さて、この機会に皆さんと共に静かに吾々の周囲に眼を開いてみたいと思います。

かつて〝最早や戦後ではない〟という言葉が良く使われましたが、丁度その頃、ニューヨークヘラルド・トリュビーン誌は〝資本主義の最新の宝〟と題しまして

●戦争の終った時、日本の工業はその四四％が壊滅した。

●このような敗戦のどん底から立ち上った日本の工業生産は今や戦前の四倍に達した。

●国家の総生産は僅々三年間で四〇％も増加した。

●過去一〇年間に日本は世界中どこの国よりも早いスピードで豊かになった。

●西独は戦前世界三位の工業生産国にその地位を回復したが、日本は戦前の一〇位前後から一躍四位に躍進した。

●最早や冷蔵庫や洗濯機や炊飯器は必需品となり、テレビは一、〇〇〇万台に達し五五%の家庭に普及をした。
●食事もパン、肉、卵、酪農製品に変って女子高生は母親より八㎝も身長が伸びた。
●国民の一ヶ月の労働日数も一九三四年の二七日から二四日に減少し、国民はボーリングに野球とレジャーを楽しんでいる、と結んでいるのであります。

しかし乍ら、このような奇蹟の経済成長のかげに、三池事故、鶴見事故、航空機の事故と明らかに人災とも思われる事故が相次ぎ、一方では白鳥をバーベキューにして喰べたり、自動車強盗をしたり、先生を脅迫する等、次代を担うべき青少年の犯罪があとをたたず、私達は幾多の矛盾を感じております。或る人は狂っていると言い、或る人はいびつな社会だと言い、等しく社会のひずみを見出すわけであります。

それには、色々な原因がありましょうけれども、大人の責任だ、若い人の責任だと言っているわけには参りません。どうしてかと申しますと新しい民主体制の下にあっては、これは究極するところ、国民全体の責任だということになります。今こそ、全体が静かに反省すべきだと思います。真の反省のないところに責任感は産まれないと思います。

顧みますに、私達は未だ民主的訓練に不足するものがあるのではないでしょうか。真の民主社会の形成には、これを支える共通の土台と、リーダー・シップとが欠くことのできない要素であります。

●共通の土台というのは、仮りに個人対個人、団体対団体が利害相対立しましても、最小限これだけのことは皆が認め合ってそれに従っていこうという共通観念であります。皆さんが既に実践してこられた多数決とか少数意見の尊重とかは、この共通の土台の上に始めてその意義と効果が生ずるのであります。

●今一つのリーダー・シップというのは、お互いが自分の権利を主張すると同時に相手の立場をも尊重するという基本理念のもとに足りないところを補ない合って共通の真実を追究する際の指導性のことであります。(学者間ではリーダーの資質という見方とリーダーの果す機能という見方の二つに分かれて研究されております。)

昨今、私達の社会を理想の社会とするため、新しい時代の新らしいリーダー・シップが声を大にして要求されている所以であります。

いよいよ今年はオリンピックが開催されます。私達は各国の国旗を目にし、国歌を耳にする機会が非常に多いことと思います。国旗と国歌に対する態度もまた民主社会を支える共通の土台の一つでありましょう。自分の国と民族を愛し、日の丸を大切にし、新しい気持で君が代を歌い得る人こそ本当に世界と人類を愛し得る人と言えるでありましょう。私達は立派な国際人である前に先ず立派な日本人でなければならないと思います。

皆さんは、日本の過去の文化の蓄積と伝統を受けつぎ、それを広く理解させ次の世代に引継ぐ大事な役割を負っております。

どうか、今日を契期として、国際的にも優れた日本人として、この日本を世界に誇りうる国に育てていって戴きたいと思います。

最後に私の些やかな願いを聞いて戴きたい。私の中学時代、数学の先生のお別れの言葉に〝継続は力なり〟という言葉を残していかれ、今では私の一の信条とまでなっておりますが、皆さん、学校でお教えを受けられたことをいつまでよく守り、人に迷惑をかけない、少しでも社会のためになる、愛想の良い人になって戴きたいと思います。

（教育委員会委員長代理として挨拶　昭和三十九年三月一日）

新年度予算と抱負

私達の新年度予算（県費）は次のとおり。

共済組合負担金八六二、二二七千円（前年七四八、一九五千円）一一四、〇三二千円増、一・一五倍その他一般福利厚生費一四四、九三五千円（前年五四、八九二千円）九〇、〇四三千円増、二・六四倍、合計一、〇〇七、一五二千円（前年八〇三、〇八七千円）二〇四、〇六五千円増、一・二五倍。

昨年度の一・二五倍となりました。そのうち共済組合負担金の一・一五倍は、いわゆる法定福利厚生費でありますが、注目すべきは、その他の一般福利厚生費が一躍二・六四倍になったことでしょう。これは、知事はじめ財政当局の福利厚生事業に対する深い理解を示すものであります。御存じのとおり本県は互助会はありませんが、互助会のある東京、大阪に少しもひけをとらぬ積極的福利厚生施策を持っているといっても過言ではありません。湯河原、箱根の両保養所の一六〇万円県費補助の如きは全国で本県だけで自慢の一つといえましょう。

さて、新年度予算の刮目すべきものは、福利厚生の切札的事業とも思われる宅地分譲、住宅建設に踏み切ったことであります。中でも宅地分譲（四〇、五〇〇千円）は、県住宅公社とタイアップという、全くの新方式によるものです。

けだし、これとても民間の福利厚生事業に比較するとまだまだ充分ではありません。私達は公務の能率的運営のため更に努力しようではありませんか。はっきり申して私達の仕事は、いわゆるこれからの成長株でなければなりません。また、予算のみ大きくなればそれでよいというものでもありません。仕事に対する気持の持ちようが大事な要素です。新年度は更に心機一転して頑張りましょう。

（「厚生タイムス」昭和三十九年四月一日掲載）

何事にもけじめをつけて

支部の事業計画もようやくできあがり、さきの県費事業と相まって、いよいよ厚生課の新年度が滑りだしたわけですね。いつも感ずることながら、私共の仕事は、とても地味です。しかし、そこにはまた、その良さがあると思います。それは、永い間、いろいろの職場を経験してみて実感となることでしょう。

先日、ある会場で話題となったことですが「教師が休暇をとって海外旅行し、行先で問題を起し、ついに辞めてもらったという」有給休暇というのは、教師の身分に伴なうものだから、休暇をとれば、どんなことをしても勝手だというのは常識はずれだというのである。おそらく、もののけじめがつけば、こんなことにはならなかったろうと思う。

最近、とかく、物事をあいまいにする傾向が見られはしないか、私が何時もいっている「知ってやるのと、知らずにやるのとは大きなちがいだ」というのは、何事もできるだけはっきりさせ（お互いが納得づく）て、運用には弾力をもってやろうということです。こういう意味でのけじめはお互いに尊重したいと思います。

（「厚生タイムス」昭和三十九年五月一日号掲載）

健康と体操

教育長は、今年は一人も病人を出さないようにしましょうと申されましたが、いみじくも、御本人が五月二十五日から一ヶ月間入院治療されることになったのは残念に思います。当課でも現に療養休暇中の人も居れば、かねがね医師の厄介になっている人はかなりあるようですから、健康には更に充分の注意をいたしましょう。

さて、木々の緑愈々深く鮮やかな今日この頃、ソフトに野球に、また、三つの体操にと、盛んですが、スポーツは自分で試みるばかりでなく専ら見るのを楽しまれる人も多いことでしょう。中でも職場における三つの体操は気分転換という意味で保健体育上よりも寧ろ福利厚生上の意義が大きいように思いますがどうでしょう。私達も大いにその片棒をかつぐ気持で、これが各職場へ普及することを願いたいと思います。

（「厚生タイムス」昭和三十九年六月一日号掲載）

わがふるさと

遠く故郷を離れてから既に齢の半ばを過ぎてしまったのだが、その間何年振りかで帰郷してみて、懐しい山や砂浜、川や橋が子供の国に来たのでは？　と錯覚する位いに丸で近くに、小さく、低く見える。

やがて、ありし日の幾つかが消え或いは荒れ果てているのに出合うとますます失望させられる。けれども一度、松籟そよぐ砂浜に佇み悠久の煙りたなびく桜島を仰ぐとき、我が胸は俄かに晴れわたり、数々の思い出を次々と呼び覚してくれる。

かつて平野国臣は

わが胸の燃ゆる思いにくらぶれば
煙は淡し桜島山

と詠んでいる。

鹿児島では秋の刈り入れがすむとあちこちの田圃に〝こずみ〟が造られる。そこにどっかと腰を据え足を投げ出して、碧空高く舞い昇る手製の凧に少年の頃の大きな夢をはせたものであった。田圃の小川や石橋の下は鮒やどじょう、うなぎのまたとない棲み家となり、年数回はきっと訪れる台風で田畑が冠水すると、子供達は家々の雨戸を持ってきて浮かべて遊んだり、随分わんぱくをしたものだが、台風とも慣れっこだったのだろう。

端午の節句には、天覧に供したこともある、珍しい〝蜘蛛合戦〟が行われる。

——大人達は泊りがけで、底をつけた幌蚊帳を携えて手足をぴんと張るとハガキ大にもなる女郎蜘蛛を採って来ては、天井の欄間に巣を張らせ、油虫や時には酒をふくませたりしてスタミナをつけさせた自慢のものを夫々幔幕張りの劇場へと数百匹も持ち込み。中央台座の紋付袴の審判席に平行に取付けられた竹の棒の両端から進専させ正に喰うか喰われるかの死闘をさせ、満場ごうごうたるうちに当年度の横綱が決まり、優勝旗まで贈られるという誠に勇壮な年中行事であるが、昔、島津氏が将兵の士気を鼓舞するため戦場で試みたのに由来するとされている。

これに習って子供達は蜘蛛の未だ小さいうちからマムシや熊蜂に気をつけ乍ら隣り村迄も出掛けて採って来ては、その大きさと強さを競ったものだった。

血気にはやって、四月にはもう泳いだりした黒川海岸には、錦江湾をはさんで桜島があった。

風光明媚で近くは東洋のナポリと宣伝されるだけあって白砂青松、碧水奇巌の数々は天然の飛び込み台ともなり、泳ぎには絶好といいたいところだが、日木山川の落ち込むあたりは急に深く〝おだな〟と怖がられ、沖は鱶が出るので真赤な褌に更に丈余の赤布を曳いて泳がねばならなかった。ここには鉱泉もあり、途中、しゅう雨に遭っては芋の葉を傘代わりに駈け戻る一本道が走っていた。

また、〝さんげし〟〝こま〟〝かつた〟〝陣取り〟等々所かわれば品かわるのたとえその儘に数々の風変わりな遊びに打興じた神社、お説教聴きに通った禅寺などが随所にあったことも有難かった。

このように山あり、川あり、海あり、草原ありの恵まれた自然の中で、外地の親兄弟とは別に、叔母の手一つで育てられたわんぱく小僧は、夕刻には躰全体ハタキをかけられ手足もゴシゴシと洗って貰わねば家へあげて貰えなかった程で、悔いのない時代であった。さて、学びの方は成績が下がって通信簿を庭へ放り出された時のことや満開の桜の木の下を見送られた卒業式の感激で、故郷を離れたのである。

過日、蟹の酒井博士と語る機会に恵まれた。先生は故郷のない人はユダヤのように可愛相な人達だと慨嘆され、私が〝故郷を持たないほんの一部の人々が多くの故郷のある人々の故郷を壊しているような気がするんですが〟とお尋ねしたところ、そうともとれますねと肯かれ真名瀬の埋立問題を例に沢山の生物の為にも洵に憂うべき現象で、一概に反対するわけじゃないけれど自然を壊す人々はもっとその償いをすべきだと話されたが、故郷がそのイメージとともにいつまでも保たれてほしいと思うのは私一人ではなかろう。

（昭和三十九年六月十五日）

暑中随感

七月はブロック会議などで、職場研修もできず残念でした。ブロック会議といえば新潟地震後はじめて梅本課長に会いましたが、豪雨など御難つづきで大変に苦労をされたらしいです。災害の少い本県は幸せだと思います。

教育長やお隣りの加藤課長も全快されましたし、ソフトボール県職員大会で教育庁チームの優勝などこの上ない暑気払いでした。

さて、レクリエーションという言葉ですが誤って不用意に使われている場合が多いとされています。たとえば、昔と余り変らない運動会を、レクリエーション大会と呼んだり、盆おどり、宴会までもレクリエーションという人がありますが、一般に「労働時間及び生理的、社会的必要から拘束される時間以外の時間に自分の意思でそのこと自体によろこびを感じ、個人的又は集団的に営む自由で楽しい活動又はその総称である」というのが本当だそうです。すなわち、余暇活動と自発的活動の二つが要件でありまして、上司の命令や周囲の義理などで半ば強制され、いやいやながらやるのはレクリエーションとはいえないのだそうです。したがって、

（1）恩恵的あるいは強制的にならないこと

（2）忙しい時ほど推奨すること

（3）監督者も卒先して参加すること

にしております。

ときに、保険福祉事業がたけなわで、近くは今年新規の教職員レクリエーション大会などもくろむに当って一考に値することではないでしょうか。

お陰で共済組合員手帳もできあがり組合員一人残らず差し上げることができました。年金事務はだれもが一度はやっかいになるし、公務員生活に最後のお別れをする際の窓口ですから、地味で非常にデリケートな態度が求められると思いますが、関係者からの感謝の声をしばしば耳にしますことを皆さんとともによろこび誇りとしましょう。

（「厚生タイムス」昭和三十九年八月一日号掲載）

ニュー・レクリエーション・センター

猛暑も終りやがてさわやかな秋の訪れをまつ身となりましたが、この間にも職場では夏季施設の開設とか、監査があり、各保養所は超満員であっただけに一息入れたいところですね。

さて、先日贈られた〝学校事務〟という小冊子に「先生が酔っぱらって放歌高吟というのも具合が悪かろうし、まして、アルサロやトルコ風呂から出てくるところを生徒や父兄に見られたら、なおのこと、ばつが悪かろう。ゴルフでも始めたらさてはアルバイトかといやな眼で見られる。職業柄世のモラルと正面衝突は避けねばならぬ。これでは八方ふさがりだ。ぐるり一面の厚い壁にわずかばかりの亀裂が見える。そこから車の姿が見える。かくして教師は続々と車に赴くのである……」の一節があったが「先生の立場」というものは私共公務員にも共通してよくわかる気がする。

こういう人達のための福利厚生施設として、かつて或る人から「ボーリングもゴルフも気兼なく楽しめる施設を本県が全国に先んじて造っていただけたら……」という要望を受けたことがあったが、むべなるかなの感を更に強くする次第です。

一面芝生のなかでソフトボール、バレーボール、テニス等のコートやフィールドがあったり、ローラースケート、ゴーカード、遊園地、プール、ボーリング、ベビーゴルフ等の娯楽施設、更に花壇、茶室、庭園、ケビン、クラブハウス等を完備した、従来の保養施設とまったくその趣を異にした家族ぐるみの団らんの場、ニュー・レクリエーション・センターはどうだろう。土地一～二万坪に施設を入れて二～三億もあればできるのではないだろうか、真夏の夜の夢か？　いや住宅対策と共に福利厚生施設の極め手と思っているが。民間会社にも少ないこのような構想で一挙に民間に追いつき追い越したいものである。

さて、職場を明るくというのは、近代職場管理の第一の命題であり、そのように心がけているところであるが、職場は、もともと仕事をする場であるということ、遊び場ではないということ。そこには自から集団規律というものが伴なうということもあわせて理解されねば逆に士気を沈滞させてしまうものである。

（「厚生タイムス」昭和三十九年九月一日号掲載）

学ぶ生活の習慣づけ

年々天候が変則になっているのかなかなか秋日和に恵まれませんが、オリンピックは、晴れにしたいものですね。

先日庁内講師協議会の席上で石井研修所長は常に学習に心がけ時代の進歩を追う努力がどれほどその人の人生というものを有意義にするか——すなわち学ぶ生活の習慣づけ——と、より救世主的精神を求められる現代公務員倫理を強調された。さて、学ぶ生活の習慣づけというと「日本鋼管において職場長研修会を開いたところ、家庭の奥様方から会社へ感謝の手紙が舞い込んだ」という横浜国大間宮教授の話を思い出します。——感謝の理由は、毎夜なんだかんだで遅かった主人が、英語の字引など引いて家で勉強するようになり子供の良いお手本になる——というのだったそうです。いやこれは少々脱線しましたが毎日くり返される私達の生活の一駒をちょっと変えることがとんだ反響を呼んだものだなと思いました。

（「厚生タイムス」昭和三十九年十月一日号掲載）

オリンピックに思う

オリンピックも大成功のうちに終り、今では大方の人が矢張りやってよかったなあと思っているのではないでしょうか。多くの外国人に日本を見て貰いましたし、私達もまた世界の中の日本をこの眼で確かめることができました。また、オリンピックはいろいろな話題を与えてくれました。〝マナーと公徳心〟〝根性ということ〟〝実力がものをいうこと〟〝体力と技能の限界〟等々であります。

オリンピックの意義については、由来、繰返し耳にし考えもしてきましたが、現に経験してみて矢張り各国とも勝つことを念じていたようで、理想と現実の懸隔というものをここでもまた強く感じさせられました。ある人は、開会式は参加することに意義があるかも知れないが競技はフェアーに勝つことに意義があると説いた人もありましたが、政治、思想と国際情勢そのままに未だ問題含みで一口には定義づける段階には至らなかったようです。

先日、年に一度の女性の宿泊研修を行いましたが、本当に七人が七人それぞれよい個性を持っておられることに微笑ましく思いました。人間がその個性に生きることに私は大賛成です。一人一人が家庭でも職場でも常にうまず楽しく生き甲斐を見出しつつ進むことに大きな意義があると思います。

それにつけても、先ずは健康ですよね、ときも秋ですから皆さん大いにコンディションを整えましょう。

（「厚生タイムス」昭和三十九年十一月一日号掲載）

恕と色

〝接遇〟研修の指導者となるための講習会に参加しておりますが、決して目新しいものではありません。要は相手の身になって誠意をもってあたるということにつきるようです。

論語に

「子貢問《ヒテ》曰《ク》、有《リ》下一言《ニシテ》、而可《キ》二以《テ》終《フルマデ》身《ヲ》行《フ》之《ヲ》者上乎《ヤ》。子曰《ク》、其《レ》恕乎《カ》。己《ノ》所《ハ》不《ル》欲《セ》、勿《レ》施《スコト》二於人《ニ》一。」

（要旨）「人間の一生中、守るべき唯一つのものは、恕ということである。それは、自分が他人からしてほしくないようなことは、他人もそうだろうと察して、自分もそんな事を他人にしむけないことである。」

とありますが、接遇の本旨もまた、この恕（人の心を察してやる思いやり）ではないでしょうか。同じく論語に

「子夏問《フ》孝《ヲ》。子曰《ク》、色難《シ》。有《レバ》事弟子服《シ》二其《ノ》労《ニ》一、有《レバ》二酒食一先生《ニ》饌《ス》。曽《チ》是《レ》以《テ》為《ス》孝《ト》乎《カ》。」

（要旨）孝行とは何かという子夏の問いに対し、孔子は、「ほんとうの孝行というのは、心の奥底からひとりでに湧き出る深い敬愛によるもので、そこには、ひとりでに仕えることを愉（たの）しく思う気持がにじみ出る。従って、顔色にもあらわれて和（やわ）らいだ気分が出る。師に仕える気持とは、また自然に違ったものである。」と答えておりますが、先程の恕に、ここにいう色

が加わるならば接遇の心構えとしては万全ではないでしょうか。

（「厚生タイムス」昭和三十九年十二月一日号掲載）

自ら姿勢を正して

昭和四十年も早や二月となって春の訪れもいよいよ近くなりました。そして今年は最高の入学難が予想される進学期が迫り皆さんもお悩みの方が多いことと思います。我が家でも、大学に高校に中学にと三人一緒に入学試験を受けることになり、一途に子を想う親の心の重さ深さを噛みしめさせられています。

さて、先夜テレビ番組〝西郷隆盛〟で僧月照と入水後一人生還して奄美大島の遠島になった西郷が藩領大島島民を苛斂誅求する代官役人の姿に憤りを感じ、天下はおろか国外にも眼を開かんとする新しい日本の原動力たらんとする雄藩薩摩にして、僅か小島一つも治め得ぬかと単身危険を顧りみず代官と対決し「自分を治め得ずして天下を治めることなどおぼつかない」と絶叫してその飜意を促す姿が印象的であった。

また、昨年の正月のあいさつで神保教育委員長は〝脚下照顧〟という訓示をされましたが、このように私共は平常その足元を顧み我が身の囲りを改め心を安んぜしめなければ立派な指導者とはなり得ない。自らの姿勢を正さずして人を指導しても心服は期し難いでありましょう。公務員が国民の指導者という観念は差障りがあろうが、何か民間の勤め人と全く同じでないことは間違いあるまい。県民のためにという誇りと自覚の上に立って日々反省を重ねたいものであります。

お互いに自分も家庭も大事であり、役所も仕事も大事だと思います。要は公私にわたり何事もテキパキと片づけてそれぞれ心のゆとりと洞観を持つようにしたいものです。

（「厚生タイムス」昭和四十年二月一日号掲載）

反省する心がけ

二月は、共済組合の監査などで大変でした。お陰様で前年よりも大分向上したようです。これも皆さんの協力の賜物と思います。

また、論語かと言われるかもしれませんが、

「子曰《ク》過《チテ》而不《ル》改《メ》、是《ヲ》謂過《チト》矣。」

とあります。すなわち「人間、過ちはままあるものだ、けれども本当の過ちは、これを心から改めないのをいうものだ」ということらしいですが、私も成る程と思いました。

何時も言ってますように行政官は、その後始末をいかにするかにその手腕、力量が計られるの

ではないかと信じます。勿論、間違いのないことが第一ですが、間違いは間違いとして大いに反省したいものです。

三月はレクリエーションを初めいよいよ三十九年度のしめくくりの月です。更に御自重、御自愛の上お願いします。

（「厚生タイムス」昭和四十年三月一日号掲載）

〝3DK〟の住み心地

職員課の画期的なお骨折りで二〇万坪という広大な磯子汐見台団地の一画に〝じょうしゃ〟な3DKの県職員住宅が七月に一棟、八月に二棟と相次いで完成、私も昨年七月始めに入居させていただいた。

電柱の無い団地、汐見台のキャッチフレーズどおり眺望がよく朝晩は虫の音も聞けて申し分ない。それでも、まだ住宅公社でいう計画の三分の一しか建設されていないといわれるだけあって槌音や埃り、数々の飯場はいささか目障りだが今までの伊勢町と比べたらぐっと広い。入居してまず困ったことはといえば買い物と県庁への足どり、それに電話、郵便局の不便なことなどであったが、早や一カ月をすぎるころからやっと落ちついてきた。それにしても昔の人がよくいったように〝引越し〟は大変だなあという感じは、新学期転入校と共にひとしお新たなものがあるのは私一人だろうか。

私たちの棟は二丁目九番地の七号館で、九階建のものから一五〇室もあるホテルばりの独身寮や社宅、あるいは数百万円もで分譲されたデラックスなアパートなどの構える高台から、循環バス路を挟んで東に一段と下った箇所に税金とのからみからか相当遠慮して建っている。

先程も述べた三分の一の率が示すように空間はたっぷりあって、高層な建物との間も舗装道路がソフトにダイナミックに唯一つのイリク・ストア、幼稚園、診療所のある団地の中心……へと幾筋も走っているが、残念なことに街路樹が一本もなく、ただ近代的な水銀灯が規則正しく淋しく立っているだけである。このうち私たちの棟の前のバス停留所からイリク・ストアまでの数百メートルは、最も縁の深いメーン・ストリートだが、実に見透しが良く真夏の日射し、風雨の強い日には、ちょっと困ってしまう。〝帽子が要りますなあ〟は夏のころの合言葉でもあった。

こんな有様だから従来や待つ間、バスの中、あるいはストアで……と県庁マンにあうこと、見受けること想像以上で、私たちにとっては正に汐見台銀座の感がある。……ひそかに悪いことはできないな……とささやかれる所以である。

そしてここでは「ヤアー」「オウー」のふたことに始まって、「貴方も来た?」「何日?」「どれ(何棟)?」「何階?」「まあよろしく」の簡単な挨拶が古き者新しき友とにぎにぎしく繰返されている。

ここはまだこれからも県庁マンのために建てられるということだから、もっともっと賑やかになることだろうし、将来、ここから県庁マンとしての新しいアイディアが創り出されるとすれば、環境が醸し出す影響というものが果してどこ迄、どういう形で及ぶものか……と胸ふくらむ思いである。

（「教養月報」昭和四十年三月一日号掲載）

年度はじめに

四月というと私達にとって正月に次いで関心の深い月だと思う。まず、会計年度が変わるし、人事異動もこの月に多い。今年もその例により多数の異動があり、組織規則や職の設置規則の一部改正がありました。

組織規則の改正に伴って、従来、総務課が担当していた県費の住宅貸付や定期健康診断、レクリエーション等教養、福利厚生の仕事が厚生課に移り、このため一人増員され、これで学校保健課担当の健康診断を除いては福利厚生の仕事は一元化されたことになったほか、相談室が調査広報課に、博物館事務局に部制が施かれることになりました。

また、職の設置規則の改正では、中堅幹部の処遇上から主幹、課長補佐、副主幹、主査等が新しく誕生することになりました。

さて、職につく人は、その職に応じた指導性を自覚し、大いに発揮して、いやしくも事なかれ主義におちいってはいけないと思う。かくて一体となって教職員の福利厚生の仕事に打込んで欲しいものである。

（「厚生タイムス」昭和四十年四月一日号掲載）

リーダーシップ

五月十、十七日の両日には、行政管理庁山口次官（管理論）、中村東大教授（経営的なものの考え方）、島田聖女子大教授（士気を高揚させるには）、毎日新聞社友槇有恒氏（行政に望むもの）、津田副知事（講話）等を迎えて、第一回管理者研修が行なわれ、総務部長、人事課長等三〇数名と共に私も参加して来ました。

また十七日朝は新聞でも御存じの県庁部課長による交通安全巡視が行われ、私は津田副知事、監査事務局長、体育課長と一緒に山手署管内を七・三〇～八・三〇の間巡視して来ましたが、これからも毎月第三月曜日の早朝実施することになっております。

さらに、二十五日には教育センターで行われている小・中・高校長を対象とする経営者研修（二一日間）に教育長、指導部長の教育問題座談会に引き続いて福利厚生の話をして来ました。

これら三つの事例を通じて私共の周囲にはリーダーシップという問題が極めて具体的に熱心にとりあげられつつあることを、そしてリーダーは相手を理解はするがその中に埋没してはならないこと、理解と同時に距離を保つことの必要性を教わりました。

そしてこれは迚もむずかしいことです。

また、教示すべきことは、はっきりと示す指導力があらためて求められていることを感じた次第です。

（「厚生タイムス」昭和四十年六月一日号掲載）

リズムとハーモニー

歩くことが好きで、汐見台へ来てからも良く歩いている。駅迄一五分の途中にある約二〇〇m（約一五〇段）程の山坂道が最近、コンクリート道になったのはいいが、毎朝下ってみて一寸勝手が違う……。階段の間隔が長かったり短かったりで、どうもリズムに乗らない。どうしてもドタバタになってしまうのである。ほんの四～五〇万円の工事だろうが、矢張り適当な間と高さをとってリズミカルに足が運ぶようにして欲しかった。

プロ野球では良くペースということが言われるが、ピッチャーがリズムに乗って投げるときはプラス・アルファーの力が加わるし、ショートの捕球動作においてもそうらしい。

このように、人々の日常生活につながる政治、行政にたずさわる者にとってこのリズムへの配慮は大事なことではなかろうか。


シーズンが来ると国鉄では〇〇一週旅行などと言って旅客獲得に懸命である。

その反面、こういうこともあった。磯子駅でのこと、関内迄の定期を買おうとしたら、「購入証明書のほんの一字が訂正してあったところ、訂正印が押してなければ駄目だ」というのである。証明した張本人が此所に居るんだから貴方の職権で直してくれということで、しぶしぶ売って貰ったのだが、若し私でなかったらどうなったか？　一体、定期を売る気があるのかないのか？それとも事務取扱いの方が大切なのか？　等々考えてくると、この係員は国鉄の大目的を見失っていないだろうかと思われてならなかった。

私達の場合も、お互いに、或いは係と係でハーモニーを欠いてはならない。よくお役所仕事は計画性がないとかセクト主義だと批判されるが、つまりハーモニーの欠如のことをさすのではないかと思う。

（「厚生タイムス」昭和四十年七月一日号掲載）

就任にあたって

消防界の近代化、即伝統からプロフェッショナルなものへの移行は趨勢ではなかろうか。よって機能的にも広域的、補完的な意味で機動隊、器材備蓄及び消防学校等を一体とした府県機関の設置と人事交流等の方途が講じられる必要があろう。一方住民及び企業の防災組織を強化して行政防災との一体化を期するほか、住民には身を護る心構えと隣保協同精神の高揚が必要ではなかろうか。

いわゆる人災の誘因をなす戦後の社会無視の風潮に対しては、行政のき然たる姿勢が必要であり、同時に各省行政の谷間からしわ寄せられる〝何でも消防〟からの脱皮のためには、社会事象に先行する立法と行政とが必要である。すなわち、無計画宅地開発からくる崖崩れや浸水、公害、交通、基地問題等危険性を一杯孕んでいる。たとえば去る六月末、本県川崎市における灰津波事故は全く法の盲点をついて起きたものであった。

危険物規制、消防機関の同意権等予防行政の実効を挙げるための体制（人的、権限、財政的）の飛躍的な確立。消防学校教養器材、危険物取扱主任者、消防設備士試験等の全国的画一的水準からの能率的処理、海上保安庁、厚生省等との災害協定の具体化促進、各自治体相互の更に密接な連絡協調等、私の願い、所感を述べさせて戴いた次第です。

（「全国消防」昭和四十年九月一日号掲載）

本立而

日本人は欧米崇拝主義で……とよく言われるが戦後はそれに輪をかけて、古いものは何でも悪いと決め、お蔭で日本の良さ誇りまで見失ったようです。中国の論語など二千数百年前の孔子の教えですから全く古い話です。私の論語熱は、昨年、接遇研修指導者認定講習で接遇の精神は〝恕〟すなわち思いやりで己の欲せざるところを他人に施すなかれ……であると論語を引合いに出されてからである。

○歳《とし》寒くして然る後に松柏の凋《しぼ》むに後《おく》るるを知る（寒くなり木々は枯れても松や柏は青々と残るように真の人材は有事の際に頭角をあらわすの意）は、肚の据えどころを示すものか

○礼は之れ和を用いて貴しと為《な》す（礼は形だけでなく親和の心がこもることが大切）は礼儀の根本を教えるものであろう

○之を知るものは之を好むものに如《し》かず之を好むものは之を楽しむものに如《し》かずは、何事もこ

郵便はがき

恐縮ですが
切手を貼っ
てお出しく
ださい

1 6 0 - 0 0 2 2

東京都新宿区
新宿 1－10－1
(株) 文芸社
ご愛読者カード係行

書　名					
お買上 書店名	都道 府県	市区 郡			書店
ふりがな お名前			明治 大正 昭和	年生	歳
ふりがな ご住所	□□□-□□□□			性別 男・女	
お電話 番　号	(書籍ご注文の際に必要です)	ご職業			

お買い求めの動機
1．書店店頭で見て　2．小社の目録を見て　3．人にすすめられて
4．新聞広告、雑誌記事、書評を見て（新聞、雑誌名　　　　）

上の質問に 1．と答えられた方の直接的な動機
1．タイトル　2．著者　3．目次　4．カバーデザイン　5．帯　6．その他（　　　）

ご購読新聞　　　　新聞	ご購読雑誌

文芸社の本をお買い求めいただき誠にありがとうございます。

この愛読者カードは今後の小社出版の企画およびイベント等の資料として役立たせていただきます。

本書についてのご意見、ご感想をお聞かせください。 ① 内容について   ② カバー、タイトルについて
今後、とりあげてほしいテーマを掲げてください。
最近読んでおもしろかった本と、その理由をお聞かせください。
ご自分の研究成果やお考えを出版してみたいというお気持ちはありますか。 ある　　ない　　内容・テーマ（　　　　　　　　）
「ある」場合、小社から出版のご案内を希望されますか。 する　　　しない

ご協力ありがとうございました。


〈ブックサービスのご案内〉

小社では、書籍の直接販売を料金着払いの宅急便サービスにて承っております。ご購入希望がございましたら下の欄に書名と冊数をお書きの上ご返送ください。(送料1回380円)

ご注文書名	冊数	ご注文書名	冊数
	冊		冊
	冊		冊

れ位謙虚に打ち込めたらと思わせる
○政を為《な》すに徳を以てすれば北辰の其の所に居て衆星の之に共《ともな》ふが如し
○子師いて正しくせば孰《たれ》か敢《あ》えて正しからざらん
○身正しければ命ぜずとも行う、その身正しからざれば命すと雖も従わず……等は現代でも為政者の姿勢として鑑とすべきではないか
○言を巧《たく》みにし色を令《よ》くするは、鮮《すくな》きかな仁《じん》……は、いわゆるお上手者を誡《いまし》めたもので
○君子は重から不《ざ》れば威あらず（どっしりと重々しくないと威厳に乏しい）と結びたいところ

人間尊重、人間性の再発見の高まりは、世の識者に今こそ沈思黙考大勢判断の時と訴えているのではなかろうか。「君子は本を務む本立ちて道生ず」とあるように何事も先ずものの本源をたしかめて進みたいものである。

（「教養月報」昭和四十年十二月一日号掲載）

迎春の所感

輝かしい昭和四十一年の新春を迎え謹んで新年のお喜びを申し上げるとともに、全国消防関係

者各位のご多幸を祈りあわせて平素のご苦労に対し心から感謝申し上げます。
さて、昨年は天皇陛下をお迎えしての第四回消防大会が開催され、また消防に極めて理解のある氷山自治大臣をおむかえするなど記念すべき年でありました。これを契機に私達は、
第一に、消防総力の飛躍的充実を期待したい。卒直に言って消防庁の予算や規模などは一桁も二桁も大きくなって欲しい。なお、地方における消防体制も積極的に再検討されなければ昨今の社会経済の急速な進展に伴なう事務量の増加に十全に応じ得ないおそれがある。たとえば、
(1) 建築物等に対する消防法上の同意事務
(2) 危険物取締行政(さらには高圧ガス等も)の如き統一的で技術的知識を要する事務(現行警察、建築、高圧ガス行政制度との関連において)
(3) 人事の広域的処理(消防職の任用試験や上級者の交流等)
(4) 施設、器材整備をめぐる補助
起債等の投資効率化等は同じ地方自治体にしてその使命を異にする府県と市町村の機能に応じて再配分がなさるべきであろう。この場合、単に消防行政のみならず消防活動においても市町村の能力に応じて、活動の一部は府県が補完的に処理する体制を持つことによって伝統プラス近代化した自治体消防が期待できるのではなかろうか。このためには消防組織法、消防法の改正を伴なうが府県、市町村共同による大乗的見地に立っての改正を期待したい。

第二に、「自分のことに責任を持つ、他人に迷惑をかけない隣保協同の防災消防精神の高揚とその組織化さらには避難訓練の実施徹底等」恒久的一大国民運動を展開して、人命の尊重、〝国民の消防〟たる基盤を確立したいものである。

以上、昭和四十一年の新春にあたり私達は更に一層市町村、国と協調して真に近代的消防の確立に貢献することを約するものであります。

（「日本消防新聞」昭和四十一年一月号掲載）

新年の所感

新春を迎え心からお喜び申し上げます。

昨年は、金井ビル火災、三沢大火、水上温泉火災その他爆発や航空機事故、台風等痛ましい災厄に見舞われ誠に不幸な年でありました。

反面、消防に対する自覚と認識が高まったこの機会に、是非とも消防の在り方を明確にして戴きたいものであります。

第一　消防における市町村の能力別分担と府県の任務を明確にして欲しい。すなわち

（1）　大規模、高度化する消防事務

(2) 救急事務
(3) 危険物取締及び高圧ガス取締事務
(4) 建築同意事務
(5) 消防団と常設消防との関連等

以上、進展する事態に対応してどのような体制をとるべきかを制度上明らかにして戴きたいのであります。

第二　中央・地方における災害対策事務と消防事務の一元化
第三　消防庁（政府機構）並びに地方機構の充実強化
第四　消防学校の整備、充実

最後に、財源の確保、充実と進みたいのであります。

これは、国会、大蔵省等への陳情に際して、消防界はどう考えているのか？　警察並みの充実をと言われるが、実態が警察とは大分違うが消防はどうありたいのか？　と反問され弱った点でもあり、第一線にある者の多年の希望でもありますから、今年こそ、消防審議会で結論を出して欲しい。また、新しく発足した衆議院消防小委員会にも大いに期待する次第であります。

なお、私共第一線にある者の当面の仕事としては何と言っても予防行政に力を入れるべきことは多言を要しますまい。なかでも〝国民の消防〟を期して交通美化運動のように一大国民運動を是非展開したいものであります。その一環として民間における自衛消防、保安体制を強化して官民一体の防災体制を急がねばなりません。

以上、昭和四十二年の年頭に当り、私共は全国消防関係者と一層相協力して近代消防体制の確立に資したいと思います。

（「日本消防新聞」昭和四十二年一月八日号掲載）

消防設備士会の設立まで

昭和四十年五月、法律第六五号により消防法の一部が改正になり、消防用設備の工事、整備は、消防設備士の独占業務とされ、昭和四十一年九月三十日迄に各県共に、設備士試験を実施して、免状を交付することとされました。

そこで、本県でも七月に特例試験を、八月には一般試験を実施した結果、特例試験で延二、〇三三人受検、一、七九八人が合格（九二・三％）、一般試験では、筆記試験に延七三四人が受検、五七三人が合格（八六・九％）、さらに、実技試験合格者四六九人（七一・九％）で、特例、一般合計して、延二、七六七人の受検者に対し、二、二六七人の設備士がめでたく誕生されたのであります。

この初の試験について、私は自信をもって、本県が全国のモデルを歩んだものと思って誇りとしています。

一方、私は都道府県消防主管課長連絡協議会会長の立場から同年八月二十七日には、消防庁へ招かれて設備士会設置についての意見を聴せられ、ついで九月十二日には、同連絡協議会幹事県課長会議が開かれるなどして、各県とも賛同して、設備士会設立に乗り出すことになったのであります。

本県でも、早速、各業界の方々に個別にお伺いしたところ、業界もこぞって、ご賛成であることが明らかになったので、前記試験発表の九月二十日に最初の発起人会を開き、次いで二十四日に第二回（趣意書検討）を開いて、九月二十六日～二十八日の免状交付の機会に「消防設備士の質的向上に努めるとともに業界相互親睦、融和を図り業界の繁栄はもとより、社会的信頼をたかめることを目的とする。」神奈川県消防設備士会設立の入会受付を開始し、一応十月十五日までに受付けることとする一方、その後の希望なども合わせて昭和四十二年一月二十七日現在では、六五二人、二二四口（賛助会員）の入会があって、おおむね三人に一人の方が入会することとなったわけであります。

この間、十月二十六日に第三回、十二月三日に第四回、一月十六日に第五回目の発起人会を開いて、すっかり準備も整い、一月二十八日の設立総会を迎える運びとなった次第であります。これまでの間、業界各位の積極的なご尽力とご協力に深く敬意を表して経過の報告といたします。

なお、この間、防災消防課が世話役を努めさせて戴きましたが、これからは、できるだけ早い機会に消防設備士会独自で運営されるよう発展充実を祈念いたすものであります。


（「神奈川県消防設備士会会報」昭和四十三年三月三十一日号掲載）

愛郷精神

知事さんは〝消防〟を特に大事にされた。

先日、南区の高橋長治団長（団歴三五年）に、

「今度、知事の発想で全消防団員にヘルメットを贈ることになりました」

と語ったところ、

「混迷の戦後、軍隊がなくなり、警察も自治体で数も少なく、治安・災害対策に一番頼りになるのは愛郷的、犠牲的精神に徹した二万五千の消防団であるとひそかに心に期された知事さんだから……そうでしょう、そうでしょう……偉い人です」

という返事であった。これに似た話は、私も昨年〝近代消防〟誌社長と知事さんとの対談の際直接知事さんから聞いたことがある。

知事さんのこういう消防観が、毎年県下の消防団長を公舎に招いたり、他県に類のない広範な表彰や消防施設補助となり、五十年勤続者表彰の折など、ほんとうに涙ながらの激励となり関係者を一層奮い立たせている。

「近ごろは世間一般がみんな利口になりました。しかし、世の中は馬鹿もいなければ治りませんわ」

と笑う高橋さんをはじめ、たくさんの消防関係者は内山さんの今回の退任を心から惜しんでいる。

（「教養月報」昭和四十二年五月一日号掲載）

「近代消防」四周年を迎えて

全国加除法令出版株式会社の創業二三周年を記念し関西支社が発足したのに次ぎ、ここに「近代消防」創刊四周年を迎えられたことを心からお喜び申し上げます。

「近代消防」のユニークな企画の一つである〝知事対談〟で内山知事が開口一番〝お宅の会社はなかなかお金持だ〟と切り出されたように一〇万部近い発行部数はその内容企画がいかに読者の期待にこたえているかを物語るもので、なかでも有名人のプロフィル、時事解説、寸評、府県消防論などはアイディアとファイトの人、尾中社長はじめスタッフの手腕によるものと深く敬意を表します。

　多くの消防人はその名にふさわしい「近代消防」をいつも愛読し、とくに私共都道府県消防主管者にとってはこのような専門研究誌のあることは百万の味方を得たようなもので、さらに一層中央と地方に対する消防の理想と現実をアピールする場として充実発展されることを切に祈願しお礼の詞といたします。


（「近代消防」昭和四十二年五月二十三日号掲載）

広聴・広報について

　戦時の聞かない知らしめない能率一辺倒から、今は県民に喜ばれる政治のため、広く声を聞くとともに正しく県民に伝えることが大切になり、最近ではとくに広聴が重視されるようになった。広聴・広報は、広く聞き正しく知らせることはもち論、望ましい態度で仕事をする、職場環境を良くするの四つがそろうことが正しい姿である。

　すなわち、広聴・広報の根本は〝良い仕事をする〟ことにあることを忘れてはならない。また、広聴・広報はそのセクションにある一部の者だけでなく、上も下も県庁全体がその気で当たらねばならない。

よって、県職員及びその家族等内部に対する広聴・広報も大切になってくるわけである。

広報内容は、わかり安く受けの良いものでなければならない。

同時に、速く確実に末端へ届かねばならない。これらはわかりきった事であるがなかなか守られていないことである。とくに、私はとかくチェックのきかない後者をやかましく言っている、印刷へ出せば終わりというものでは決してない。届ける組織、手段も確実にし、届く時点で内容が書かれ、且つ、フレッシュにするため速さが伴わねば読まれないからである。

また、国、県、市町村のうち県でなければ出来ない仕事、県がやらなければならない仕事（たとえば、警察、教育等）にアクセントをおくことも当然である。

さらに、昨今では、こうしなければならないとか、こうすれば良いとわかっていても、県だけではどうしようもない（たとえば、人口激増と土地・住宅・交通・災害等）分野がある。こういう点は繰返えし説明して納得をしてもらうよう紙面をさく必要がある。

さて、広聴の一手段とも思える〝話合い〟のように、広く県民の中に入って、県民とともに考え県民とともに行動することが必要になってくると思う。

このように徹底した広聴、広報活動は、今後積極的に開発していくことが、ますます必要になってきたと思う。

なおまた、広聴活動には管理者が見る時間、聞く時間もさることながら、考える時間、ゆとりを取りもどすことが特に必要だと思う。

（「公研かながわ」昭和四十二年八月二十九日号掲載）

日本消防新聞創刊第七〇〇号を祝す

自治体消防二十周年と時を同じくして、光栄ある日本消防新聞創刊第七〇〇号を発行されますことに対し衷心から敬意を表するものであります。

私は少年時代〝継続は力なり〟と教えられましたが、何事もつづけるということは偉大にして意義のあることであり、その成果は高く評価されなければならないと確信するものであります。

今や社会経済の急速な進歩と相俟って、火災をはじめ災害の様相はきわめて広範にして多様なものがあり、その被害の程度にいたっては、容易に計りがたい程大きなものも予想されるところでありまして、消防の当面する課題と国民の消防に寄せる期待はまことに大きいものがあります。すなわち、海上におけるタンカー事故火災、コンビナート火災、超高層建築物火災、毒性煙ガス発生火災並びに交通幅湊問題と消防車両通行などを思うとき関係者は勿論、世人の等しく憂えるところでありまして、最早や一四〇万消防人だけで解決し得ない国家的政治的問題と言えましょう。

故に先日、国会地方行政委員の某先生から〝消防は今やどうにもならない行政の宰たるものだなあ!! 君〃という慨嘆を耳にしたのでありまして……

今や消防関係言論機関の使命はまことに大きなものがあると信ずるものであります。なかでも御紙のように輝ける伝統に満ちた内容は広く社会を啓発するところきわめて大きいのでありまして私共消防人のいよいよ益々その発展向上に期待するところ大なるものがあります。今後、さらに他の二十余の関係紙と相携え、世界的視野に立って消防の進むべき前途を照し社会に貢献されるよう祈念しましてお祝の言葉といたします。


（「日本消防新聞」昭和四十三年一月三日号掲載）

友情に基づく真の人間関係を

この夏、私たち一八人は、藤沢にある、環境、施設共すべて申し分ない県立教育センターをお借りしての宿泊研修に参加したのであるが、今度の研修の目的の一つは新しい管理者研修方法「目標管理法」が、はたして県庁へ採り入れられるものかどうかにあったようである。

東芝清水氏の「目標管理」の話等のあと、最終日にはお忙しい森久保副知事と白根総務部長がお見えになって、まず、午前・午後にわたって、白根部長から従来のケース・スタディとは、ぐんと程度の高い事例研究を部長自ら指導され、合い間、合い間には、私たちが、目下、最も苦悩している対議会、対県民関係について、心理的洞（どう）察に立つ、部長独特の接遇方法を教えていただいて、ほんとうにありがたかった。

夕刻からは場所も宿舎へ移って森久保副知事から「五〇〇万人県政の課題」は、一言でいって都市化対策だが、水、交通、河川、青少年、中小企業、農業……どれ一つを採っても重要でないものはない。と一言一言熱をこめて県政のむずかしさを説かれた。つづいて和室で機構改革の意義、その他、より身近かな問題を中心に、一向につきない対話のうち、ぜひまたこういう機会を持っていただくことを約束して、横浜へお送りしたのは、夜も九時近くであった。

目標管理とは、テーラーの科学的管理から発達した人間関係管理が、人間の（1）生理的欲求（2）安全の欲求（3）社会的欲求（4）自我の欲求などをみたすことによって、仕事の能率を高めようというのに加えて（5）自己実現の欲求（達成の喜び）という人間の高度の欲求（人間尊重）をみたそうとする管理手法であって組織の要請（期待される成果）と個人の欲求（目標）とは、一致させることが可能なはずであるという考え方に立つものである。

一定の目標を揚げ、管理者のリーダー・シップと一般従業員のフロア・シップとが、融合して推進される段階で、従業員をして、いわゆるノルマ（重荷）と感じさせないように、何事も、プラン（計画）→ドウ（実施）→シイ（成果）と一体でやっていくには、こうすればいいんだ」という能力開発法である。

このような、新しい管理法と、目下、真剣に取り組んでいる、東芝（株）の場合、米国G・E社に対して、資本金が1／2でありながら生産額は1／5では、一人当たりの生産量をふやす以外にない。わが国の労働力の背景、日本人の体力問題、その他からはたしてどうかという問題もあろうが、是が非でもやらねば国際競争に勝ち残れないというせっぱつまった問題なのだ、といっている。このように企業の場合はまことに明快な結論が出ているわけである。

「人生は重荷を負って坂道を上るが如し」うんぬん、土光社長が「おれは仕事がきらいだ、百姓がしたいんだ、だが委された責任ははたさにゃならん」と常々語っているというお話には、とくに共感を覚えた。

最後に、「古い義理人情というからめてからくるものでなく、真の友情に基づく人間関係による盛り上がりを期待するのが、目標管理法である」と、結んだ清水さんは、昭和十年生まれという若さだった。

約二十年前になるが、まだ公務員法ができる前だから、研修ということばもまだ珍しいころ、地方課の市町村講習会で、公用文を担当して以来、選挙管理委員会の全国講習会に二回、自治大学校、J・S・T接遇研修と長期にしかもしばしば派遣され、いろいろと身をもって経験してきた一人として「研修とは」給料をもらいながら受けるものだから、まず上司、同僚職員への感謝と自己の研さんは、当然として、ひとたび職員へ帰ったら、一人でも多くの人に伝え、それを生かすことだと信じている。

ところで、今度の研修のように相当な年齢に達し、地位と責任にある者がわずか三日間ではあったが、仕事と家庭を離れ、静かな個室の宿舎、恵まれた教室で自分を見つめ、考えることができたのはそれだけでも十分意義があったのではなかろうか。

仕事の都合で、途中で帰ることになったある技術課長さんは、若い人と違ってもう二度と機会はないのになぁと、怒ったように仕方なく帰って行かれたし、私の場合もそうであったが、参加者を選ぶ段階では、「三日は長い」、「とても留守できない」などとだれもが逃げ腰だったのに、いざきてみて異口同音に「もっといていいな。せめて一週間くらいは欲しい」という声に変わったほどである。

一〇年以上J・S・Tの指導に当たって、最近いささか壁につき当たっていた私にとって、目標管理手法が「達成の喜び」をその要諦（てい）としたことに新たな勇気を与えてくれた。

おそらく、他の皆さんも同感だったのではなかろうか。

このまま直ちに県庁へとり入れていいものかどうか若干、問題もあろうが、J・S・T方式を一部補う方向でなら、いいのではなかろうか。

人間らしい管理者、管理者の人間関係を主題とする今度の試みは、人間関係がますます複雑になりつつある祈り、これが緩和のためにもさらにエスカレートしていただきたい。

（「教養月報」昭和四十三年十二月一日号掲載）

人間関係の科学化

人間の目標とその属する組織の目標とが合致しないような組織に属する人は不幸と言うべきであろう。

程度の差はあっても、志願して神奈川県にはいったわたくしたちは組織とともに進むことに大きな意義を持つはずである。人間はおのおの組織の一員として、安心、平和、幸福という人生の目標に向かって最高の道徳生活を営み充実した社会生活を送りたい。

この願望を満たすにはどうあったらよいか考えてみたい。

バーナードは、組織とは電車や映画館などに居合わせた集団ではなく、①相互に意思の疎通ができる人がいること。②これらの人々は組織のために働く意欲を持つこと。③その行動によって共同の目的が達成されることの三つをあげている。

また、「オーガニゼイション・マン」の著者W・H・ホワイトは、ユートピアンの信条だがと前置きして

「人間は社会の一員として存在する。自分ひとりでは孤立して無意味である。人間は個人と協力してはじめて価値がある。なぜならば集団の中で自分を昇華させることで部分の総和よりもっと大きな全体を生み出すからだ。」「個人と社会との間に相克があるはずがない。あるとすれば、コミュニケーションの障害である。人間関係に科学的技術を採用すれば、意見の不一致をきたす障害は除去され、社会と個人双方の要求は一つであり、等しいという調和と平衡の状態に到達する」と言っている。

これは一口にいえば個人と組織の目標は、けっきょくただ一つ、同じものという意味を持つことになるのではなかろうか。

このような集団の倫理に立つとき、当然、組織は個人に対して忠実と勤勉とを要求するであろう。すなわち「会社に忠誠を誓え、そうすれば会社は個人に祝福を与えよう」といって、いわゆる角《かど》のとれた人間をより喜んで迎え、その理由として「チームの一員として円満な人物の方が才能だけを持っている人よりたいせつである。才能だけの人は、より破壊的役割しかしない場合が多い」というのである。

また、ある社長は「理想的には、私生活においては個人主義であり、公共の場では同調主義であれ」と言ったりするのである。

もちろん、組織が角のとれた人間だけでよいわけではない。角のとれたただの平凡な人間では第一に幹部になれなかったに違いないし、かような平凡な人間だけではその組織の飛躍的進歩は期待できないだろうからである。そこで、いわゆるエリートが必要とされるのである。

小説「ケイン号の反乱」では、クイーブ艦長とマリック副長をめぐって、組織（忠誠）かまた個人（判断）か……が、

また、「灰色の服を着た男」では、主人公トム・ラートをめぐって勤勉か怠惰か……が取りあげられ、この問題の示唆となっている。

また、ウオルト・ホイットマンは、「どのような組織にせよ、その中にまったく包含されてはならない。個人のエネルギーを組織に分け与えることはよろしい、がしかし、自分自身を与えてはならない」とも言っている。

このような組織と人間の問題は、その特質（機械ではない、人間である）から調和のための方途が研究されなければならない。これが人間関係論である。

人間関係派の父、エルトン・メーヨは、「いつも仲間と結びついて働きたいという人間の願望はその特質であり、われわれのすべてについて安らぎと確かさの感情は、常に集団の一員としての関係が保証されていることに由来する。もし、個人と集団との間に相克があるとすればコミュニ

ケーションのざ折であり、自分の仕事に幸福感を感じられなくなる。ここに人間関係の重要さがある。

個人にとって善、集団にとっても善のためにひとりひとりの信念を犠牲にすることを要求するのみでは、それは未開時代のものである。未開時代の不便さを脱却した順応性に富んだ社会を目ざす現代の指導者は、人間関係を科学的に運ばねばならない。人間の幸福を決定するものは人間関係の科学にある。」と断言している。

すなわち、人間関係論は組織と人間の問題の中心的なものであって、「個人の組織への適応、組織の個人への適応」の調和がその問題の核心となるわけである。

さきにしるした「ケイン号の反乱」のマリック副長は、自らが正しいと信ずることか、あるいは組織が正しいと信ずることか……の二者択一を迫られたわけであるが、総じて人生とは野球のようなもので、どうみても社会の法則には従わねばならない。個人個人が、思い思いに自分の正しいと信ずることにしたがって行動してよいということにはならないのではなかろうか。

このような人間関係論は、時代の進展とともに、いろいろ研究され進歩をみてきた現在、目標管理論がにわかに話題を呼んでいるが、たしかに個人主義の行き過ぎの反省、人間性回復が問題となっているとき、人間（ひいては組織）の目標は何かの究明と自覚は、当然というか最も端的でオリジナルの事項であったのではなかろうか。

かつて、東京オリンピックの女子バレー優勝監督の大松さんは、その著「おれについてこい」で、「勝つこと、世界一になること、おのれの修養」をチームの目標として努力し、みごとに世界一の栄冠をもたらした。

また、人生は野球のようなものであると述べたが、巨人軍のピッチャー金田は一九年余で四〇〇勝した瞬間、その喜びを「チームへの感謝」で結び、同じく長島選手は「先輩金田からプロフェッショナルを教わった」と語っている。

わたくしたちは、いわば神奈川県という船団の一員である。知事を船団長として五三〇万県民の福祉という彼岸に向かって、それぞれ属する神奈川丸の一員として、……それぞれ組織と個人の相互適応調和（人間関係）に幹部も職員も絶えず努力することが、真の幸福を見いだすことになり、県民への福祉にもつながることになるのではなかろうか。

それにしても、目標・チーム・プロフェッショナルの三つは私の目下好んで使っている言葉である。

（「公研かながわ」昭和四十五年一月号掲載）

金《かね》は生かして

予算の編成と執行　その①

三千億円になろうとする神奈川県の予算を賄（まかな）うには、県民の皆さんから預かった大事な金を生かして使うよう心掛けることが県民への最大の奉仕であり、我々の責務といえる。

さて、県の年間の収支の見積りである予算が成立するまでの大事な過程に見積りとそれの査定とがある。査定とは「各部局から提出された見積書に対して予算編成方針に基づき事業の緊急度、効果、財源の状況等によって財政当局が行なう必要な調整である」が、要求する側と査定する側とも、時に深夜、明け方まで、しのぎを削るのが例となっている。

ところでこの大事な県の予算が、県民に親しまれ納得していただく予算であるためには、今日のマスコミ時代では、編成から成立まで、いわゆる絵になるプロセスを踏むこともまた大事なことである。

すなわり、見積りの時点から生きた金を仕込み、成立したらさらにそれを生かして使うように努めるのが理想であり、当然のことだと思う。

それにはこの大事な予算案を我々はみんな前もって心を込めて絞り（見積り）、心を込めて調整（査定）して完成するようお互いが心掛けねばならないと思う。心の査定と言いましょうか。

（「教養月報」昭和四十五年七月一日号掲載）

事務のマンネリ、ルーティン化さけては生かして

予算の編成と執行　その②

予算は五四〇万県民のために丹精しなければならない。優れた予算を作るためにはやはり勉強をする必要があり、一夜づけで一流を期待するのは無理で、お互いが予習、復習をして、審議、査定の土俵に上がれば充実した結論が生まれよう。

編成が終わると予算費など異例なものは別として、各局におまかせしてタイミングよく金を生かして使うよう努めていただくわけだが、この場合、事務のマンネリ、ルーティン化を避けることに特に意を払わねばならない。ここで身近なものを気のつくままに拾えば、

（1）　より良く、より安く、より確実にという入札は形式に流されないように。

（2）　検査は厳密に。

（3）　高価高度な機器が多くなる一方、欠陥品も多い昨今、予算があるからといって保証条項など余り追及もせず、修繕費で支払ったとすると二重の無駄使いになる。

（4）　前住宅管理課長荒井太郎さん著『孫子の経営戦略』で「斫（きり）は大工持ち、道具

は職方持ち、資材は下請け持ち、現場経費の一部は相持ちが原則である。会社で道具を貸したり資材を支給すると、無駄使いしたり粗末にする。結局、会社が損する」とあるが、われわれは果して大事に扱っているだろうか。

（5）　補助金や委託料は期待どおり効果をあげているだろうか。等々……いつの間にか筋をはずれたりしないように、チェックが必要である。

最後に、交付税制のもたらした〝富裕県〟という押し着せを折りあるごとにはずしてもらうべく声を大にするとともに、予算要求の際、補助金、起債等、特定財産を出来るだけ引っ張り出す努力を合わせてしていただきたい。立派なアイデアのためしかるべき財源は各局と財政当局とで要求確保し、執行はたえず新しく生きた形で県民へ還元するよう、ともどもに努力したいものです。お願いします。

（「教養月報」昭和四十五年八月一日号掲載）

行政需要の増加と財源

予算の編成と執行　その③

景気の横ばい下降からくる財政の逼迫（ひっぱく）、過度の人口集中、都市化からくる行政需要の増に追いつけない財源不足傾向下、九月補正予算編成への心構え、査定方法の改革等について庁内各課長補佐及び予算主任者と共に会議打合せして以来約二ヶ月、九月補正予算の編成作業は知事査定を最後に（公害追放三施策の推進をキャッチフレーズに）無事に終了し、県議会の審議を待つのみとなった。

この間、私にとって何も彼も初体験のものであったが、各位の協力により、すべての面で計画通り運んだ。たとえば十日間の課長査定も毎日午前九時ジャストに開始、おおむね五時、遅い日でも七時過ぎには終わった。お陰で私共（財政課）は十時～十一時過ぎまで翌日の査定のレッスンをすることができたし、翌朝、五時過ぎには起床、前日の査定意見書の整理を行なうという理想的スケジュールが消化できた。このように私の場合は毎晩遅くても帰宅できたし、一時就寝、三時起床という一、二の例を除いて、十六～十七時間の仕事、五～六時間の睡眠で健康的にも十分満足できる結果が得られた。当初予算もぜひこの調子で編成できることを強く期待したい。来年度当初予算編成については近いうちに、再び各課長補佐会議を開いて皆さんと十分検討いたしたい。

九月補修予算の査定では、とくに財源の予測に困難さがあったが、公害予算、こども医療センターの今後の予算、障害者福祉センターの追加建築の予算に一番手が掛かった。

知事の九月公害県会への抱負がいかに盛り込まれたか、これからの議会審議でも明らかになろうが、全関係者の懸命な御努力のあったことをこの機会に皆さんにお知らせしておきたい。

さて、県財政にとってのこれからの問題は何といっても財源の必要と、その確保ということであろう。

人事院の勧告が、かつてない一二・六七％アップを示したことにより、これを本県にあてはめると一〇〇億円近い財源を用意しなければならないし、当初の予定に比して二〇億円増という重荷を負うようだ。今回は、公害県会ということで特別な財源措置がとられようが、来年の二月補正、当初予算の編成はあらゆる意味で非常にむずかしいものがあろう。

ついては、各局一体となって超過財源の軽減、国庫補助、起債等一般財源以外の財源確保に努めると共に、県単独の補助金等は十二分に生かして使うよう、いやしくも県費補助が国庫補助や起債等よりも先行されて国庫補助等がその分だけ削減されるような最もいまわしい結果にならないよう慎重な予算の執行が必要である。

また、とにかく今年度で厳《きび》しい一ラウンドは終わったのであって、来年度当初は、今までの予算を裸にして全く新規な角度から検討し編成しないと、今までの累増、累増では次のラウンドは財源の面では行き詰まらないとも限らない。

これから、お互い協力して、ラスト・スパート（来年二月補正）し、スタート・ダッシュ（来年当初）をきかしつつ第二ラウンド、大いなる県政の発展を招かねばならない。

（「教養月報」昭和四十五年九月一日号掲載）

管理と人事

管理とは、三Mすなわち人、物、金を上手に動かし組織の力を十二分に発揮し、激しい競争に勝つ手段と言えましょう。ご案内のように、優勝すると三原さんや川上さんが監督さい配の手本となり、孫子の兵法が経営戦術上読まれたりもしています。

このように三Mのうちでも人の管理が特に重くみられますのは機械化からきたヒューマンリレーションの重視からでしょう。この人の管理で注目されだしましたのが目標管理すなわちボトムアップ、組織の若い層の力を活用しようとするのであります。コロンブスのアメリカ発見、ガリレオの振子等時制発見、ニュートンの特殊相対性原理の確立、湯川博士の中間子理論がいずれも二〇歳台と聞くと私達の職場でも更に若い層の職員の力を用いる必要がありましょう。

一般にモラール（士気）を高めるには適正な給与、公正な勤務評定、良好な職場環境（福利厚生を含めて）の三要素が挙げられますが、年功序列型から職務給への脱皮やスペシャリストの育成に努めることが更に必要でしょう。また給与はただ単に高ければ良いというものでもなく適材適所で仕事に張りと誇りを持たせるのが肝要と思います。若い看護婦さん達の辞めていく有様と園芸試験場等で仕事に打ち込む技師達の落書き振りとは対照的に見えます。大分昔のことですが、昭和二十六年～二十七年、特別市制廃止運動のため五大市制に対応して知事会館内に設けられた五大府県連絡事務局に私が派遣された当時、そこのチーフだった大阪府幡磨地方課長は〝俺は知事にはなれないが日本一の地方課長になるんだ〟という気概の人で全国課長会議等でも時には自治省係官の解釈に対して「幡磨の著書にはそうは書いてない」と言う位に体験的地方自治論というか一つの「説」を持った人であったのを未だに覚えています。このように信念と誇りに生きるのも一つの生きかたでしょう。一方、若くして地位や資格を持ったら常に謙虚に心がけ組織の和に資するのがよいと思います。

やや饒（じょう）舌になりましたがこの辺で管理層への声を紹介させていただきます。

○酒は身ゼニを切って。いつの世も健康第一（先人）

○日航中央研究所の意識調査から

昇進より仕事。上司は正しい評価と理解を。理想像に遠い親分肌の人。親切職場より目標ある職場。

○C社の六ヶ月経過新職員アンケートから

盲判（メクラ判）は不安です。気づいた点はどしどし注意して下さい。仕事の分担をはっきり公平に与えて下さい。もっと言葉をかけて下さい。

○自治大学校生のアンケートから

人事異動を活発に。自信を持って部下を統率指導してほしい。勤務はガラス張りで、指導監督は職制を通じて。信賞必罰を徹底してほしい。自分の気に入った者とグループを作らないでほしい。

人事で大事なことは適材適所だと思います。前に教養月報でおなじみの山上貞さんがわが企業庁だよりに「お役所の人事は順送り方式でまことにもったいない、折角の経験が生かされない、シンクタンクという点からももったいない」という意味のことを書いておられましたが、このほか机の並び方や公舎の格と入居順に至るまで外部からは異様に映るほど神経がつかわれています。たしかにムダも伴うし、あれ程までという感も残ります。

組織には英才ももちろん必要でしょうし、角のとれた人あるいは金米糖（こんぺいとう）みたいな人も要ると思う。要はその人それぞれの特色をいかに生かすかということが大事だと思います。職員の知恵を引出そうとする今こそ適材適所主義を貫き通してほしい。

次に、人事委員会公開試験の受験資格年齢制限について検討しなおしてほしいと思います。もちろん、スポイルシステムを避けるための試験制度であることは承知で申しあげますが、今の人は職業の選択をトライヤルしながら決める傾向がありますから、ある程度の年齢に達しても、これから県職員になろうとする人を二五～二六歳で締め出すのはどうでしょうか、たとえば県税収入予算事務には民間で法人経理経験者を、また企業会計や病院会計に会計士をその他資金運用等にもこのような若い層を新規に採用、活用できるようにしたらどうでしょう。このことは組織の能力アップ（委託の抑止など）はもちろん、組織へのロイヤリティ（忠誠）度という面でも大きくプラスすると思います。

（「人事」昭和五十一年三月号掲載）

年賀状

元旦、年賀状の束を手にするのは、楽しく希望が湧く。懐かしく有難いものばかりで、長年忘れずにくださるもの、またこまめに近況を添えた心暖まるものなど大切な心の触れ合いの証（しるし）である。

暖かい心の触れ合いが長続きするよう出来るだけ返事を書くことにし、頂戴したものは大切に仕舞っておいて、時折り手にして感懐にふけることにしている。多くの中から常に座右に在る二枚の原文のまま照合させていただく。

謹んで新春のお喜びを
　申しあげます
オッカナイ係長さんだったけどとても懐かしいです。ぜひ又お寄りする機会を作りたいと思っております。御家族の皆様共、お元気に
　昭和四十年元旦」
昭和三十四年、住宅課庶務係員だった方から頂戴。

賀正
　山のはにかかれる雲も
　　はれそめて
　のぼる朝日の
　　かげのさやけき
　　　「明治天皇御製」
先月二八日分室での対話で得た私の心境です
　昭和四十三年
当時、管財課員の方から頂戴。

（「教養月報」昭和五十年一月一日号掲載）

工事完成にあたって

吉岡配水池の完成にあたって一言ごあいさつ申し上げます。

現在神奈川県営水道は十一市十町を給水地区とする大規模な水道事業を行っており、これらの区域に水道水を供給する主な水源地としまして、相模川上流の津久井郡城山町川尻に谷ケ原浄水場があり、下流の高座郡寒川町宮山に寒川浄水場があります。このほかに横浜、川崎、横須賀の三市とともに神奈川県内広域水道企業団を構成して、酒匂川の水を供給いたしております。

本県では給水区域の人口増加や水需要の増大にともない各施設の拡張事業を実施しており、吉岡配水池はこの拡張工事の一環として建設したものでありまして、ここに無事完成いたしましたことは、関係各方面の方々の深いご理解とご協力のたまものであります。

昭和四十九年から推進してまいりました第八次拡張事業も、諸般の物価上昇や水需要の伸び悩み等のため、目標年次を昭和五十六年の夏までに延伸し、合わせて事業費を五、六割追加することを検討いたしております。水道料金も、企業団や横浜市の料金などを比較して健全財政が組めるよう配慮して今年度内には結論を出したいと考えております。

また、今後水道事業をすすめていくうえで、特に考えなければならないことは全て県民に、平等に給水出来るように配慮し、水源付近に居住しながら充分な水の供給を得られないというような矛盾を解消したいと思います。それはいわば庶民の素朴な要望を第一に考えそれから諸施設の近代化に努めたいということであります。したがって、第八次拡張事業は、よりち密な配水整備計画に基づいて推し進める所存でございます。

ここに改めて県民の方々のご理解と、関係各方面の方々のご協力をお願い申し上げます。

（「日本工業経済新聞」昭和五十一年十月一日号掲載）

水資源確保が最優先

新年あけましておめでとうございます。

年頭にあたって、私の日頃考えていることの一端を延べてみたいと思います。

神奈川県の水道事業もここ数年来の経済情勢から事業経営の基幹をなすところの水道料金収入が伸びなやみ、破産寸前の経営状態におちいるにいたり、その経営のたて直しをはかるため昨年四月以降約二倍という大幅な値上げを余儀なくされ、県民の方々の深いご理解とご協力のもとにようやく健全経営への目途をたてることが出来たのであります。しかしながら昨年は、全国的な冷夏に見舞われ加えて景気回復の遅れが重なったために、当初計画していた料金収入の確保が誠に困難な原状に立至っております。

また、水事情はとみますと全国的にも昭和六十年度で約四十億トンの水が不足すると予想されています。神奈川県においても酒匂ダムの完成によって昭和六十年までの水は確保できるかどうかという窮迫した状況におかれております。神奈川県は、首都に隣接し、人口の増加は全国的にもトップクラスにあり、昭和五十年では十二万六千余人と極めて急速な発展を遂げつつあります。中でも県営水道が給水区域に設定している地域は、県央・県北・湘南等の二十一市長に及んでおり、この地域は県内でも発展の最も著しい箇所となっていることから県内増加人口の約半分に相当しており、必然的に水需要が生じてくる結果となっているのであります。一方、人口の抑制策として開発規制を加えていてもなおこのような状況であり、景気の回復等外的要因によっては更に急速な増加が想定されるところであります。

神奈川県営水道の水需要の増加は、過去十ヵ年間で二・五倍と伸び給水人口の増加が一・九倍であり、水需要の伸びの強さがうかがわれると思います。

水道事業がかかえている課題は山積しておりますが、その中でも最重要課題は水資源の確保であると考えております。

私は水道界に身を投じて以来、一貫して水資源の有限であることをいろいろな機会を通じて内外に呼びかけてきました。水を新たに生みだすことは大変なことです。今では、もう県内開発も限界に達しているとみなければなりません。

　そこで今ある水を大切にすることが如何に大切かを痛感しています。水の有限性を強調し一般の方々への節水を呼びかけることは反面、水道事業経費を圧迫する結果となることは火をみるより明らかな事であり、水道事業者としてはその相反する二面性に苦慮しているのは一人私だけではないと思います。しかし、今や水道の普及は全国でも八六%に達し、神奈川系水域では九九%になろうとしています。シビルミニマムとしての水道を考えるとき、水資源の確保こそ最優先されなければならないと思います。

　遠い将来に思を及ぼすとき、先達の残した水資源を大切に引継いでいくことは、我々の義務であると思います。この意味においてももっと強く水の有限性を認識して一般に周知し、協力を得るよう努力を払うことこそ水道人としてある者の勤めではないでしょうか。


（「建設産業新聞」昭和五十二年一月十八日号掲載）

消防艇	救急車	小計B	合計
4	37	67	352
		928	1,263
	相当数		

三　横顔＝寸評＝

清潔な中堅幹部　業者を締め出す強さも

◎…清潔な感じのする青年職員、美しく澄んだヒトミは神経質すぎるほどだが、その奥には吏員に必要なチ密さを備えている。小柄なタイプだが誘惑の多いポストにあって業者をぴたりと締め出すシンの強さがある。
◎…鹿児島県始良郡出身のサツマハヤト。中大専門部法科卒後警視庁属をふり出しに昭和十九年神奈川県入りした。地方選挙花やかなりし二十二年から二十七年まで地方課にあって選挙事務にたずさわり大いに手腕を発揮した。
◎…二十九年には、県の幹部に認められ自治大学校に学び卒業後税務課企画係長に抜てきされた。チ密な頭脳は黒字財政のあの手この手を編み出し、三十二年住宅課庶務係長、課長代理に栄てんした。
むしろおそいくらいだが基礎をみっちり学んでいるだけにこんごが期待できる中堅職員の一人。

（「神奈川タイムス」〈横顔〉　昭和三十四年十一月二十日号）

ある消防人

大正九年八月七日鹿児島県加治木町育ち、四十四才。

中央大学法科卒業、自治大学校本科第一期卒業、警視庁の蒲田健康保険勤務。以来神奈川県経済二部物資課、浦賀引揚援護局資材課、地方事務官、総務部地方課調査係長、税務課企画係長、建築部住宅課庶務係長、農政部農地調整課庶務係長、中地方事務所総務課長、教育庁厚生課長を各々歴任。四十年七月現職に就任し現在に至る。

氏は、人事院監督者研修の指導者に認定されており、新しい公務員道の開拓を信条に、また消防関係においては、まだ課長に就任して間もないとはいえ全国都道府県消防主管課長連絡協議会会長の要職にあり、本間前課長の意志を継ぎ着々とその成果を挙げている。氏の今後の活躍が大いに期待される。

趣味は、野球、水泳、陸上競技でなかなかのスポーツマン。

家庭は、夫人と二男二女の六人暮らし。

現住所＝横浜市磯子区汐見台二の九　県職員アパート一〇四五号

（「近代消防」　昭和四十年十月号）

五人焼死事件で防災を呼びかける県防災消防課長

○…「率直に申しあげてイザという時は、まず逃げてください」鶴見の五人焼死事件の報を聞いてそういった。毎晩、寝る時にどうやって脱出するか、子どもはどの道を逃がすか――を考えていてほしいとつけ加える。火災の原因別はたばこの火、子どもの火遊び、電気器具、こんろ、ストーブの順で「すべて不注意から」といい切る。

○…川崎では去年一月、十二人が焼け死んでおり、この正月も自宅で四日までデータとにらめっこ。どうやら無事にすぎそうだった矢先の鶴見の焼死事件だった。

○…県の防災消防課は三十七年にできた。同課は火災のほか、台風、水害、地震などの地域防災計画をたてている。たとえば四十、四十一年はいずれも年二回ずつ台風対策本部を設け、五十四人の委員を集めている。去年は関東大震災を想定して地震対策もたてた。また県下の消防関係の実態をつかむとともに、自衛隊とも絶えず連絡をとっている。「企画調査部の予算は六千万円だが、新年度は大船の米軍PX跡に消防学校をつくる。県下の市町村には消防署員三千人、消防団員二千人がいるが、一千万円をこれらの消防施設の補助にあてている」という。また、去年は県下で消防職員、消防団員あわせて四人がそれぞれの現場で尊い犠牲となっている。うち二人は火災で、残る二人は台風のがけくずれで――「こんなことは絶対ないようにしたい。それには県民の協力によるほかない」ともいう。

○…小柄で、もの静かに考え考えしゃべるが、シンが強そう。鹿児島はたばこで有名な国分のとなり加治木の産。土地の中学から中央大学専門部法科を経て、同大経済学部を一年で中退。警視庁職員から十九年県庁入り、経済第二部（統制経済）物資課から、引き揚げ業務で厚生省へ出向したあと、地方課関係で基礎をつくる。総務部や中地方事務所をもまわっている。趣味はスポーツ観戦とカメラ。ジャイアンツと原田、藤らのKOボクサーがひいき。西区伊勢町の県官舎に夫人、二男二女と。四十六歳。

（「神奈川新聞」〈けさの顔〉　昭和四十二年一月十六日号）

府県側は消極的　救急指定基準の引き下げ改正

消防庁は消防救急政令指定の現行基準である十万人口都市を五万人に引き下げようという消防法の一部改正案を近く国会に提出する。

これは、現在十万人口都市に適用されている消防救急政令指定基準を五万人に下げ、救急業務に手の及ばない市町村地域でその必要があるときは、府県が救急隊を設置してこれにあたらせようというものだが、これに対し各府県には批判的な空気が強いといわれ、その成行が関心をもたれている。

これら府県が同法改正に消極的態度で臨んでいる点は、①現在でも救急業務をもてあまし気味の市町村が、この機会に府県に業務を全部任せてしまおうというおそれが強い　②抽象的な指定の方法では県内市町村の間に政治的関係がからみ府県としての立場が困難になる　③広範囲に救急業務を担当することになれば、その負担が大きくなり財政的にも問題が生ずる、などで、これに府県は一様に時期尚早論をとなえている。

この点について、都道府県消防主管連絡協会長の鶴田五郎神奈川県防災消防課長は「県としてもまだ正式に態度を決めていない。実際にやるとなると色々の難点が出てくるが、消防庁には早急に内容をかためて内款を示してほしいと申し入れてあるので、これが出てから知事会で検討するようになろう」と語っている。


（「神奈川タイムス」　昭和四十二年五月五日号）

四十二年度地域防災計画をまとめた県防災課長

「これで各種の災害対策計画は大体最終的なものになったでしょう」。防災消防課長になって二年半、この間防災計画の手直しを三回やったが、こんど待望の救急医療態勢を整え、がけくずれ対策などを盛込んだことに満足しているのだ。

とくに救急医療対策では苦労が多かっただけに話がつきない。「災害対策基本法の建前で医師会を指定公共機関に任命することがなかなかむずかしかった。消防庁と何度もかけあって、目をつぶってもらったわけだが、同庁でもこの〝神奈川方式〟を注目している。医師会が防災会議のメンバーになって鉄道、バスなどによる大規模交通事故のさい医師が救護隊を編成して医療活動できるようになったのが心強い」法律を越えたともいえる医師救護隊の編成に厚生省、消防庁など中央官庁と強引につづけた交渉が実ったことを喜ぶ。

だが対策はできても「大地震で石油コンビナートに火災が発生したり、海上では重油流出災害といったときの資材整備の遅れを考えると不安は大きい」ともいっている。

二十二年に県庁入り、最初地方課に勤務したことがいま参考になっているそうだ。そして防災消防課長は「男らしい仕事、いつまでもつづけたい。今後は消防へリコプター、レッカー車など災害対策の資材整備に全力をあげる」と抱負を語る。四十七歳。


（「朝日新聞」〈この人〉　昭和四十二年十二月二日号）

日本一の〝消防のあゆみ〟

歴史ブームにあやかったわけでもあるまいが、神奈川県で江戸時代からの火災や地震などの歴史をつづった「消防のあゆみ」（B5判、四十四ページ）をこのほど七千部出版した。横浜は明治の文明開化の玄関だったせいもあって、蒸気ポンプ（明治六年）耐火せん（同二十年）救急車（昭和八年）など〝日本初〟というものが多く、内容も豊富。鶴田県防災課長は「消防の歴史ものは自治体では初めて。本県の消防は昔ばかりでなく、いまでも横浜のレンジャー部隊や水陸両用車などは日本一」と大気炎。（横浜）

（「毎日新聞」昭和四十三年三月二十三日号）

不況下の県財政に取組む

いわゆる円キリ後の不況の波に洗われる県下経済界の動向を反映して、四十七年度の県の財政は相当苦しいものにならざるを得ないだろう。

しかも自然環境の保護、人口急増の抑制などを中核とする最重点政策を実施しようとする知事の方針に沿って、厳しい歳入減の中からこれらの財源を割り振りする苦心は並大抵ではなかろう。

幹部の意を体してこの作業に没頭するこの人、短躯ながらも満ちあふれる精力的な馬力はまさに超弩級クラス。困難な仕事に体当たりするには、この人を置いてはほかにはあるまい。

人柄は真面目。筋を通して軌道を踏みはずさないのが定評。しかも人情家である。

昭和十七年、中央大学専門部法科を卒業、警視庁に勤務したが県入りは十九年十月、物資課勤務が始まり、その後地方課調査係長、税務課企画係長、住宅課庶務係長、農地調整課庶務係長などを歴任、三十七年三月中地方事務所の総務課長に転出、出先機関の苦労も味わったが翌三十八年六月には再び本庁に戻って教育庁厚生課長に栄進。

（「政経タイムズ」〈こんにちわメモ〉　昭和四十七年一月十五日号）

県の県民生活安定緊急対策本部の事務局長になった鶴田五郎さん

「現在は物資の絶対量が足りないという時代ではない。それがモノ不足になっているというのは、どこかに隠退蔵されているとしか考えられない。そんなことは社会主義のうえから言っても許せませんヨ。知事が県民安定緊急対策本部を作って、県庁をあげて県民の生活必需物資の需給安定を図ろうというのも、そうした社会正義に反することは許せない、という気持ちからだと思っています。その対策本部の事務局長を命じられた以上、モノをためこんでいるという業者がいたら、私自身が飛んで行っても放出させるつもりです」と、やる気十分なところを見せている。

昭和十九年に県庁入りしたが、当時は戦時中の経済統制時代で、最初の仕事が経済第二部物資課員として、統制物資の配給業務を行った。その後、昭和四十年七月から三年間、防災消防課長として、防災対策本部のまとめ役をやった経験も持っている。総務部次長が現職、県民生活安定緊急対策本部が実効を上げるには、県庁の全組織が一丸になった協力体制をとることが必要だが、それだけにこの過去の経験がものを言って、大いに成果を上げるのでは……と期待されている。

鹿児島県の出身だけに「スジの通らないことや、要領よくやるということが大きらい」という骨っぽい性格の持ち主。仕事も時間内にきちんとすまさないと気に入らないという。その半面、生後二ヶ月で母親と死別、父親の手一つで育てられたという苦労人でもある。それだけに厳しいファイトを燃やし、「私自身の本来の役割は、組織全体の束ね役。第一線で働く実施部隊の職員と一緒になって、本当に県は県民の代わりになってやってくれた、という実績を上げるよう、役人感覚を捨てて、物資が出回るよう先手、先手と対策を実施していきたい」。

中学生時代は、陸上競技の選手だったというスポーツマン。今でも暇さえあれば、庭掃除をしたり鉄棒にぶらさがったりするなど体を動かすことが大好き。

五十三歳。横浜市中区山手町二四三ノ五。


(「神奈川新聞」〈けさの顔〉　昭和四十九年一月十五日号)

県民生活の安定に取り組む

こんど県は、県民の生活必需物資の需給安定を図ることを目標に「県民生活安定緊急対策本部」を作った。その中心となって扇の要の役を命ぜられたのがこの人。

短躯ながらも、全身これ精力といったファイトマン。人柄は至極まじめでおとなしいが、その胸奥に秘めた闘魂は隠しおうせないといったところ。まず適任この上もないだろう。総務部次長の要職にあるので多々ますます繁忙で、目のまわる思いに息づく暇もないことであろうが、この人なら容易にこなし切るだろう。

昭和十七年、中央大学専門部法科を卒業、警視庁に勤務。昭和十九年十月県庁入りして物資課に勤務、のち地方課調査係長、税務課企画係長、住宅課庶務係長、農地調整課庶務係長などを歴任、三十七年三月には中地方事務所の総務課長に転出したが三十八年六月には再び本庁に戻り教育庁厚生課長、企画調査部防災消防課長、総務部管財課長、総務部惨事兼財政課長を経て現在は総務部次長兼総務室長。

鹿児島県の出身。九州男子の本領を身に体している。売りおしみ、買いだめなどが批判される時局活躍を期待したい。五十三歳。

（「政経タイムズ」〈ひと〉　昭和四十九年一月二十五日号）

近代的経営センスが必要

今春の統一地方選では珍しく全野党共闘で誕生した長洲革新県政の水番頭を仰せつかった。昭和十九年入庁以来、総務を中心にあちこちの一般行政畑を歩み、四十三年管財課長、財政課長を経て四十七年総務部次長。手腕を買われての企業庁入りである。水道は、「初めて、全くの素人だ」と、まずは低姿勢。「良くまとまっている」というのが水道一家の第一印象。

ドルショック、石油パニックをもろに受けて台所は火の車。焦眉の急の財政再建をはじめとして課題は多く、それだけに抜本的な対策が要求される。財政計画だけから見ても来年には料金改定が必要。手始めに改定案の策定が控えている。「確かに経営難だが、県の台所にくらべればまだ楽だ」と余裕がある。それもそのはず、財政課長、総務部次長時代に財政難の〝洗礼〟を経験ずみ。県税の伸びが通年の二・五割増から、一割増へと落ち込み、その対策に敏腕を発揮していた。

料金改定は新知事が構想中の「県民会議」で〝新しい公共料金体系〟を打ち出すものと見られているが、「適切な投資、妥当な経費、水利用の合理化と水源開発との調和――この三要素から適当な料金を算定したい。〝理論的〟には他の都府県の例を参考にして……水資源を大事にしながら、払うべきものは払ってもらう」とあくまでも明快な答えが返ってきた。県民からどのようなコンセンサスをとりつけるか――当面の課題に期待の声も多い。

とはいえ、やはり難局である。「内山知事以来、水については県民に迷惑をかけない姿勢が貫かれてきた。だが、過剰投資ではなかったか、との批判がないでもない。国民の生活水準をどこに置くか、その中で水資源問題を……」と筋を追いながら「今、要求されるのは近代化経営センスだ」ときっぱり。「やりがいのある時期です」と、身を乗り出した。

マッカーサー時代の農地改革、公職追放を目の当りに見るかたわら自治大学校の第一期生として、〝行政マン〟の道を歩む。ひたすら「近代的行政マンに徹する」ことに努力を傾注今日の地方自治と歩みを共にしてきた。だから慣習に溺れる「役人」の怠惰を批判する。薩摩隼人の心意気を受け継いでか、「理論的に正しいことは、はっきりとものをいってきた」。上司にも恵まれたが、敵を作ったこともあった。巧言令色はお気に召さない。仕事はとことんやるが、個人的な付き合いとは区別する。「ツルさんは人付き合いが悪い」と、或新聞記者を嘆かせた。旧日本的人間関係とは別の〝人間関係論〟を持っている。ために誤解も生じやすい。

「地方自治マニア」と自称するだけあって行政論を語らせると、とどまる所を知らない。勉強家である。小柄な体に似ないバイタリティーはつとに定評。財政課長時代は予算の時間内査定を実現させた。部下の家族への思いやりが慣習を改めさせるきっかけになったという。「窮鳥、懐に入れば……」の心境で『部下のめんどう見もなかなか』とは氏が「兄と慕《した》っている」白根副知事の評である。

「麻雀はやらない。酒もあまりやらない。ゴルフは少し」。昔の草野球の名残りをとどめる〝良く飛ぶゴルフ〟とか。長男と娘二人は結婚、大学四年になる次男と夫人との三人暮らし。「手がかからなくなったから、それだけ打ち込める」と、マニアぶりを発揮した。

大正九年八月生まれ、鹿児島県加治木町出身、五十四才。昭和十八年中央大学経済学部中退。

（「日本水道産業新聞」〈時の人〉　昭和五十年六月二十六日号）

商売っ気持つ

「生まれ変わったつもりでガンバリます」。水道局長のイスに坐った現在の心境をややオーバーに、こう表現した。総務部長から一転して、全く勝手の違う企業庁へ。しかも、企業庁入りは本人の長い役人生活の中でも〝初体験〟というから、表現がオーバーになるのも致し方ないところ。

就任早々、ここにも難問が待ち構えている。県営水道の赤字は今年度末で約三十八億円にのぼる見込み。これをどうするか。

「赤字を放置するのは賢明でない。といってすぐ料金を上げるのも……。横浜、川崎と歩調を合わせて対処していくことになるでしょう」

水道事業は独立採算が建前。採算ベースを無視するわけには、やはりいかない。「いつまでも事務室の気分でいてはダメ。商売っ気も多少は持たないとね。でもボクはそろばん全然できないんだ」

イモショウチュウの国・鹿児島出身でありながら、酒には弱い。一家あげての巨人ファン。長島巨人の見るのも無残な低迷ぶりに「最近のわが家はつゆ空と同じです」。五十四歳。

（「神奈川新聞」　昭和五十年六月十六日号）

まずまずの人事　県幹部の若返り成る

革新県政を担う県の首脳部人事が六月七日付で発令された。長洲知事は就任後、革新県政としての急激な変化は避けたいとの方針から、注目の副知事に白根、曽山両副知事を再任したが、今度の幹部人事についても、一部を除いて全般的には知事の方針が貫かれ、まずまずの人事異動といえそうだ。副知事候補のうわさも出ていた陌間氏の総務部長、遠藤総務部長の企業庁長は予想どおり。このほか古谷民生部長、大森労働部長、横山公害部長らの人材起用をはじめ高橋地労委事務局長、山下商工部長らも一応適材適所という見方が強い。企画調査部長の鹿山氏は、陌間氏が副知事に登用された場合には総務部長の有力候補とみられているが、当面のポストとしてはまずまずか。

一方、鶴田企業庁水道局長、羽毛田看護教育大学長らは、いかにも役不足の感をまぬがれず、油ののりきったベテランとしては惜しい気もする。長洲知事の「若返り」人事で下田企画調査部長らが勇退したが、これによって新任の部局長はいずれも五十四歳以下と新陳代謝が行なわれた。

市町村財政に精通の強味　水道局長・鶴田五郎氏

○…色黒ながらキリッと引き締った端正な顔立ちは、どこか薩摩隼人の血が流れている。勤勉で慎重な執務ぶりは上にうけもよい。行・財政関係一筋を手がけ自治大学校に学んだ筋金入りの行政官である。

○…白根、曽山両知事はじめ部長級とは同じ課で机を並べた同僚が多いだけに仕事もやり易いことだろう。特に市町村財政に精進している点は県営水道事業推進に大きな強味であり適材適所といえよう。

○…県民生活の死活問題である水問題には難問が多い。この人のち密な手腕は県民の水ガメを守るのにうってつけだとの評もあり、期待されている。

（「神奈川タイムス」　昭和五十年六月二十五日号）

〝学歴無用〟の神奈川県　（テレビ神奈川専務取締役　山上貞氏の稿より一部分抜粋）

私が神奈川県新聞の内政記者として、初めて県庁の記者クラブに行ったころの県の地方課には、今にして思えばそうそうたるサムライがそろっていた。白根雄偉（副知事）遠藤保成（企業庁長）鶴田五郎（水道局長）露木弘（横浜地区行政センター所長）石井清（横須賀県税事務所長）石井巌（横浜渉外労務管理事務所長）小星晴茂（児童課長）佐々木繁男（援護課長）などがそれで、ほかにも失念して書き落とした人がいるに違いない。いずれにしても、白根をはじめ長洲新体制になっても県政の枢要の地位を占めている人か多く、いわば当時の地方課は今日の神奈川県庁のエリートの卵の孵化場のようなものだったわけである。

白根という人はその群鶴（こういう語があるかどうか知らないが）の中にあっても、ひときわ目立つ存在で、一見豪放にみえても野放図ではなく、心得るべきことは心得、計算すべきは計算するタイプのように見うけた。彼のコンピューターはすでにそのころから今日あるを読んでいたのかも知れない。鶴田五郎が薩摩の出身であることを知ったのは後のことであるが、たしかにそう言われれば彼は薩摩隼人の血をひくサラムイ中のサムライで、勝ち気と積極性に小気味の良さをもっている。士道を吏道におきかえたような潔い人生観も、当筋では稀小価値の一つである。

遠藤、鶴田という地方課孵化場出身の両雄が、企業庁の要職を占めたのも、奇しき縁といえるだろう。

（「企業庁だより」〈県政随想〉　昭和五十年七月号）

中小企業に深い理解

水道局長のイスへの感触らしきものが、やっと、このところ伝わってきた、という。なにしろ総務部長から、まったく勝手の違った企業庁入り、戸惑いも無理からぬところ。が、「気分を一新してがんばり抜く」という就任の弁さながら無我夢中の時間が流れた。

「いままでみたいに事務室で納まっているわけにはゆきません。ソロバンにも強くならなければ……。ともかく毎日が勉強のつもりです」早く〝水商売〟になじもうとの、けなげさが見られる。

独立採算の路線には、「赤字」という駅が待ち構えている。ざっと三十八億とハジキだされる赤字の解消は、なんといっても当面の課題。

そのへんに水を向けると、「赤字を放ったらかしたまま、というのはまずいですよ。だからといってすぐ料金を上げるのもネ。まあ横浜や川崎とも歩調をとりながら取り組んでゆくことにしましょうネ」

細身のからだだが、ハガネのような意志が息づいている感じだ。しかも人をそらさない。まじめさが、こちらにヒタヒタと押し寄せてくる。

そんな調子で、業界対策をひとくさり。水道事業と同じく、建設業界も苦しい状況にあることは十分察しがつきます。とりわけ県内の中小零細業者はたいへんだと思いますよ。すべての面で格差のいちじるしさが目立ちますのでね。県内の中小零細業者を育成し、質的なレベル・アップをはかることは、すべての施策とかかわりをもつという点でも不可欠だと思いますです、ハイ」といもちゅうの本場、鹿児島の出身だが、アルコールは「そうイケルほうじゃないンですよ」と仰言る。大の巨人ファン。中央大学卒、横浜市中区山手町二四三―五で三人暮らし。五十四歳。

（「日本水道新聞」　昭和五十年七月七日号）

県企業庁水道局長　鶴田五郎氏

この六月、小宮前局長（県企業庁管理局長）からバトンを受継いだ。水の季節。七月から、グンと需要が増した。オイル・ショックの余波で四十八人、九年は需要も落込んだ。「でも、今年は照り込んだせいか昨年同期に比べ一二％ほど増加……」。一日最高八六万トン。去年の最高に比べて約一〇万トンほどオーバー。「でも湘南湖は今のところ大丈夫。雨乞いの心配はなさそうです」。

高度成長から低成長へ。それが水の〝売れ行き〟にも、敏感に反映してきたことは確かだ。五十年度事業。「建設改良費三十億円、八次拡張が四十億円。これに前年度からの繰越分三十億円。実質的には約百億円になる。四十九年度が八十七億円だから十三億円ほど増」「八拡では送水管整備九億、ポンプ場五億、配水池四億円、配水本管十億円」「池は稲荷配水池（藤沢）が継続で津久井の中野は九―十月ごろ着工予定。伊勢原は用地問題で交渉中」。「結局、送配水管工事が主体ですが、地元との折衝がなかなか難しくて……」。「例えば五メートル幅の道路に一・五メートルの掘削をして管を通そうとする。ところが、地元からは、とんでもない、土地を買って道路を広げてくれ、という注文がつく。しかしこちらが勝手に道路を広げるというわけにはいかない」。「そうかと思うと、田んぼの中に管を通そうとすると、田んぼの水が逃げるんじゃないか、と苦情がでる。ただ水を通すだけで……。しかもみんなが飲む水をですよ。実にむずかしい世の中になったもんです」。鶴田さんは思わずにが笑い。

「県水は一応五十六年まではだいじょうぶ。でもそれ以降は新たな水源を求めませんと……。現在の水利権は相模川水系九〇万トン、美保ダム四〇万トン。その他を含めて一三四万トン。六十年の人口七三〇万人を想定すると、どうしても新しい水源、宮ケ瀬ダムに期待するしかありません」。八拡事業は五十六年まで。かなりの投資が必要だ。狂乱物価のあおりも痛い。四十八年から五十年で三千万円の黒字がはじきだせる予定だった〝黒字〟が、五十年では逆に四十億円の〝赤字〟が見込まれるハメとなった。「五十一年以降の料金問題が一つの課題」と鶴田さん。放ってはおけない水問題だけに、ここは一番、ガッチリと取り組む構えだ。

鹿児島県加治木町育ち。昭和十七年中央大学法科卒。警視庁保険部を経て十九年十月神奈川県庁へ経済第二部物資課がふり出し。ナベ、カマ、サラシ、マッチから〝フンドシ〟の配給まで。「ちょうどボクも結婚したてで大きなヤカンとナベをもらいましてね。大は小をかねる。フフフ……」。二十年厚生省の浦賀引揚援護局に出向、二十二年総務部地方課、二十八年自治大学校（一期生）。税務課、住宅課、農地調整課、中地方事務所総務課長、教育庁厚生課長、防災消防課長、管財課長を経て四十五年財政課長、四十七年総務部次長、今年六月現職。税務課時代に県民税、軽油取引税新設。地方課では始めての公選制と四つに組んだ。財政課長時代は徹夜作業といわれた予算査定を時間内に片付ける〝離れワザ〟をやってのけた。朝九時から夕方まで査定。あとは課長と主任だけが翌日の勉強会。家でグッスリ寝るから朝はスッキリ。人を待たせずにすむ。「時計の回りを六時間だけ早めた」と笑う。小柄だが、シンは強じん。やはり薩摩隼人。その鹿児島から一人上京。勉学、結婚、五年間に生まれた四人の子どもを育てあげた。あの戦後の苦難時代は、いまも頭を離れない。「じっと堪えることだけでした」とポツリ、趣味など楽しんでるヒマのあろうはずもない。その鶴田さんに〝活〟を入れたのが総務部長時代の白根さん（現副知事）。見学のつもりでお伴したゴルフ場で、いきなりプレーを強いられた。どしゃ降りの雨の中で、ままよ、と背広のままでずぶ濡れになりながら夢中でクラブを振った。グシャグシャの背広を大急ぎで手でプレスしながら食堂へ。「あの思い出、忘れられません」。若いころは水泳、ランニング、剣道、弓道、機械体操に草野球を。鹿児島産に似合わず酒はダメ。特技は〝逆立ち〟(?)自称「サツマのイモザムライ」「アハハハハ」

略歴　大正九年八月七日鹿児島県加治木町育ち。昭和十七年九月中央大学法科卒。警視庁保険部へ。十九年神奈川県庁入り。経済第二部物資課、二十年厚生省浦賀引揚援護局出向。二十二年地方課、二十八年自治大学校。二十九年から税務課、住宅課、農地調整課、中地方事務所総務課長、教育庁厚生課長、防災消防課長、管材課長を経て四十五年財政課長、四十七年総務部次長、五十年六月現職。横浜市中区山手町二四三の五の公舎に喜代子夫人と次男(一ツ橋大四年)。ほかに一男(一ツ橋大卒)二女(結婚)

(「神奈川建設新報」〈今週の顔〉　昭和五十年八月十九日号)

水道局長に鶴田五郎氏

神奈川県ではさる六月四日、部局長級の県幹部一三人の異動を発表しましたが、そのなかで小宮水道局長は企業庁管理局長に就任、新しく水道局長として鶴田五郎氏が就任されました。

「生まれ変わったつもりでガンバリます」水道局長のイスに坐った現在の心境をややオーバーに、こう表現した。総務部次長から一転して全く勝手の違う企業庁へ。しかも、企業庁入りは本人の長い役人生活の中でも〝初体験〟というから、表現がオーバーになるのも致し方ないところ。

就任早々、ここにも難問が待ち構えている。県営水道の赤字は今年度末で約三八億円にのぼる見込み。これをどうするか。

「赤字を放置するのは賢明でない。といってすぐ料金を上げるのも……。横浜、川崎と歩調を合わせて対処していくことになるでしょう」

水道事業は独立採算が建前。採算スペースを無視するわけには、やはりいかない。「いつまでも事務屋の気分でいてはダメ。商売っ気も多少は持たないとね。でもボクはそろばん全然できないんだ」

イモショウチュウの国・鹿児島出身ではありながら、酒には弱い。一家あげての巨人ファン。長島巨人の見るも無残な低迷ぶりに「最近のわが家はつゆ空と同じです」。五十四歳（神奈川新聞、六月十六日より）

（「県水ニュースかながわ」　昭和五十年六月三十日号）

水道局汚職で水道一家の体質改善に取組む

○…去る六月六日付の県幹部異動で、県企業庁水道局長に就任してまだ半年というのは、ふってわいたような水道局汚職が明るみに出され、強い衝撃を受けている。今度の汚職事件は、もちろん局長就任以前のことで直接の責任はないが、それでも現在の部下が逮捕されるという事件が、自分の在任中に起って、もともと人一倍責任感の強いこの人のこと、すっかり頭をかかえている。まして、このところ水道料金の値上げ問題で、連日連夜身の細る思いをしていただけに、それに追い打ちをかけるような今度の事件にはさすがタフなこの人も、最高責任者として「まいった」といわんばかり。

○…水道局をふくめ、企業庁にはいわゆる「水道一家」意識が昔から強く支配している。それがプラス面では強力な団結と家族的雰囲気を生むが、一歩誤ると、今度のようなマイナス面につながる。水道一家にはこれまで歴代の局長がいずれも泣かされつづけてきた。その点では、この人は水道局長に就任した途端、根強い水道一家意識の渦まくなかで、歴代局長にはなかなか手のつけられなかった改革に本腰をいれて取り組んだ。「よくやっている」という内外の評判がようやく定着しかけた矢先に、今度の事件が起った。不運といえば不運だが、逆にいえば「これで却ってやり易くなった」と禍を転じて福となす心境で、早くも抜本的に取り組む意欲をみせている。

○…かって白根、曽山副知事とも机を並べて仕事をした仲で市町村財政に明るいベテラン。温厚ななかにも薩摩隼人の激しい血が流れ、絶対に弱音をはかない。こうした性格が、今度のいまわしい事件を踏み越えて、二度と汚職を生まない体質の改革をやり遂げるだろうと期待する声を高めている。

（「神奈川タイムス」〈横顔〉　昭和五十年十一月一日）

同郷の鎌田要人さんの自治省次官就任の祝賀会（昭和49年2月）

水道局長時代（昭和50～52年）

著者プロフィール

鶴田 五郎（つるた ごろう）

大正9年8月7日生まれ。

鹿児島県出身。

中大専法卒（経済学部中退）、自治大学校一期本科修了。

神奈川県財政課長、総務部次長、水道局長などを歴任。

現在、神奈川県在住。

焼き芋 —吏道ひとすじのわが人生—

2002年3月15日　初版第1刷発行

著　者　鶴田 五郎

発行者　瓜谷 綱延

発行所　株式会社 文芸社

〒160-0022　東京都新宿区新宿1-10-1

電話　03-5369-3060（代表）

03-5369-2299（営業）

振替　00190-8-728265

印刷所　株式会社 平河工業社

ISBN4-8355-3394-1 C0095